KB124154

코끼리 벨라 이야기

RISK TO SUCCEED

코끼리
벨라
이야기

RISK TO
SUCCEED

PenguinCafe

용기, 발견, 승부, 성공에 대해 다룬
이 이야기를 부모님과 동생을 추모하며 바친다.
내 아버지 에이브는 예지력이 탁월한 리더였고,
남부 출신의 신사로 타고난 기업가였다.
내 어머니 게리는 아름답고 당당한 여성으로,
타인들의 삶을 개척하는 데 인생을 바쳤다.
두 분의 68년에 걸친 훌륭한 결혼 생활 덕에 6자녀,
30명에 이르는 손주들과 비슷한 수의 증손자들을 비롯해
뉴욕 브루클린의 세파르딕 공동체의 수천 명이
은혜를 입었다. 더불어 세 살에 세상을 떠난 동생
알프레드에게도 이 책을 바친다.

너의 순수함은 우리의 스승이야.

차례

🌿 소개글 • 11
   Introduction

🌿 기본: 어디서 시작할까 • 13
   The foundation

🌿 프롤로그: 새 생명 • 19
   Prologue

01. 벨라, 여덟 살 코끼리 • 23
    Bella, the eight-year-old elephant

02. 씨, 나비 • 26
    Cee, the butterfly

03. 별난 파트너십 • 29
    A curious partnership

04. 알아내고 상상하라 • 31
    Reveal and Imagine

05. 용기 • 36
    Courage

06. 성공을 위해 승부하라! • 44
    Risk to Succeed

07. 보고 알라 • 52
    See and Know

08. 실행 • 60
    Exccute

09. 꿈보다 더 큰 현실 • 64
The reality is bigger than the dream

10. 난관들 • 67
Bumps

11 버리고 버리고 간직하라 • 71
Shed, Shed, Save

12 배워야 한다는 것을 배우라 • 80
Learn to Learn

13. 금지된 숲으로의 여행 • 87
Journey into the forbidden forest

14. 정글 정의 • 94
Jungle Justice

15 영재 동물 학교 • 104
The School for Animal Excellence

16 한 단계의 마지막 • 108
The end of a chapter

정글 우화 • 113
Jungle parable s

씨의 책 • 134
The book of Cee

옮기고 나서 • 140

감사의 말

제자이자 친구인 마리안나 리벤그루브에게 감사드립니다.
그대의 소중한 통찰력과 노고 덕분에 벨라와 씨가
생명을 얻었습니다. 모험을 감수하는 용기와 꿈의
헌신이 언제나 인생을 이끌기를.

소개글
Introduction

"소개글이 없는 책은 없다. 필자,
그의 말이나 생각들과 관계가 없는 것이니……"

우리는 환상적인 시대에 산다.

지성의 경계가 사라지고 있다. 지리적인 경계선들이 흐릿해졌다. 각 원칙에서 주요한 특징이 다른 영역들에서 주도적인 지위를 차지하면서 정치, 재계, 비영리 집단의 구분이 사라지고 있다. 지역 시장이 글로벌해지고, 이해 당사자들은 지구 맞은편 끝에서 양성된 재능, 지적 능력, 계획들과 경쟁하고 거기서 이익을 취한다.

지성의 힘이 물리적인 힘을 대신하고, 세계의 화폐인 천연자원을 급속히 대체하고 있다. 지성의 힘이야말로 영향력을 행사하고 성공할 수 있는 가장 유연한 도구다.

현명한 승부사들은 국가들보다 큰 부를 축척해왔고, 연륜과 경험이 수 세기 전처럼 다시 존중받는다.

성공과 개인적인 성취의 기회가 다양하다. 기본은 용기와 축적된 지식이다. "글로벌한 지식 경제"가 모든 사물과 사람들에게서 사각지대를 벗어나면서, 투명성과 진정성은 기대 받는 표준이 된다.

개인이 성공을 낳는 오랜 원칙들을 숙지해서 커리어를 극대화시킬 기회가 어느 때보다 풍부하다. 사업가든 '사내 기업가'(전통적인 조직 안에서 개인의 성공을 극대화하려고 모색하는 이들)든 기회는 많고, 그들에게 '성공하기 위한 승부'의 지침들은 대단히 귀중하다.

오랜 지혜를 익혀서 그 지혜를 지속적으로 현실에 적응하기를. 성공을 위한 승부를 걸기를!

기본: 어디서 시작할까
The foundation

"의지는 현실을 만들게 될 것이다.
잘 다져진 현실은 그 안에서 품은 꿈보다 훨씬 훌륭하다."
커리어의 성공은 제대로 다져진 기반으로 시작된다.

격언❶ 헌신 Commitment

:

우리는 모든 것이 즉흥적인 시대에 산다.

당장 얻을 수 있는 정보와 제품들은 큰 가치를 갖지
만, 당장의 유용성과 과정의 부재는 우리에게 혼란을
주고, 모든 좋은 것들을 쉽게 빨리 얻을 수 있다고 믿
게 한다.

대부분의 경우 인생에서 장기적이고 중요한 것들을
보면, 즉흥적인 것은 아무 것도 없다. 실은 그 반대다.
인생에서 주목할 만한 성취, 좋은 결혼, 행복하고 성공

적인 아이들, 풍성한 커리어를 얻으려면 발전하고 창의적이며 강력한 헌신이 필요하다. 때로 우리는 상상 이상으로 그런 헌신을 할 수가 있다.

인생의 진정한 트로피를 얻으려면, 우리가 원하고 소망하는 것에서 끌어낸 시간, 인내심, 끈기, 더 많은 시간, 새로 얻은 에너지, 창의력, 힘을 모두 다 쏟아야만 한다.

헌신은 출발점이자, 우리가 만들고 가꿀 수 있게 하는 연료다. 그것은 모든 조력자들의 조력자다.

헌신하라. 앞으로 읽는 내용이 마음에 든다면 그것을 여러분의 것으로 만들기 위해 노력하기를!

격언❷ 나부터 | Come First

:

가끔 사람들은 이렇게 말한다. "내가 이 모든 일을 하는 것은 다 자식들 때문이지요" "커리어에서 어떤 지위에 이르는 것을 중점으로 삼고 있습니다. 그때가 되면 은퇴해서 주변 사람들의 행복을 위해 모든 노력을 쏟을 겁니다." "그런 게 다 인생 아닌가요?"

그 대답은 '아니요'다. 인생은 자신을 맨 앞에 두는 것이다. 이것은 나 자신부터 사랑하는 것, 자신부터 돌보는 것, 자신의 넘치는 노력과 중점을 나의 행복과 성공에 두는 것이다.

우리는 타인의 '무엇'을 나의 그것보다 더 사랑하거나 신경 쓸 수 없다. 자신보다 남을 더 사랑하거나 신경 쓸 수도 없다.

자신을 진정 사랑하고 자신의 욕구에 중점을 둔다면, 남들에게 베풀 수 있는 능력을 더 많이 얻게 된다. 타인들 — 무척 사랑하는 이들을 포함해서 — 보다 자신을 더 사랑하는 데 편안해질 것. 가장 소중히 여기는 물건처럼 자신을 챙길 것. 먼저 자신의 욕구에 중점을 두고, 그 욕구를 중심으로 하루하루를 만들어가기 시작할 것. 이런 시각은 우리가 가장 적절한 커리어를 추구할 때 필요한 힘을 준다.

격언❸ 세상은 나를 위해 창조되었다.
The World Was Created for Me
:

바빌로니아 탈무드 (6세기 경 메소포타미아에서 편찬된

탈무드: 옮긴이)에는 놀라운 충고가 나와 있다. "누구나 아침에 깨어나서 다음의 구절을 생각하거나 말해야 한다. '세상은 나를 위해 창조되었다.'" 그런 말이나 생각은 "본인에게 남과는 다른 현실을 선사해준다"라고 탈무드의 현자는 말한다. 어떻게 그렇게 될까?

아침마다 깨어나서 우리가 사는 넓은 세상에 대해 생각해야 한다. 세상 여러 민족들의 대단한 자원과 재능과 재주, 위대한 발명품들과 그 발명가들의 능력에 대해 생각해야 한다. 예를 들어 내가 만든 제품의 시장성에 대해 생각할 때는 시장의 포화수준을 걱정하기보다, 그 포화수준을 내가 내놓을 제품의 발판으로 삼아야 한다. 시장의 조건과 금융과 환경적인 상황들은 누구에게나 제품 판매나 커리어 구축의 대들보들이며, 내 성공을 위해 거기 있는 것이다. 매일 아침 이런 관점으로 자신에게 힘을 주면 주위 사람들과의 경쟁에서 우위를 점하게 될 것이다.

코끼리 벨라 이야기

격언❹ 나는 훌륭하다 — 무조건적으로.
I'm Great — Unconditionally
:

우리가 가져야 될 중요한 관점이자, 자녀들에게 심어줘야 할 핵심적인 관점은 "무조건적인 훌륭함"이다. 달리 표현하면 영웅적인 성취를 거두었던 최소한으로 성공했든, 학생이나 사업가로서 우수하던 평범하던, 심지어 실패했더라도 나는 무조건적으로 훌륭하다. "단지 나이기에 나는 훌륭하다."

인간은 창조 과정의 정점이다. 인간은 추론할 수 없는 생각과 개념을 추론하고 이해하는 능력을 가진다. 인간은 단순한 생각으로도 주변에 영향을 미치고, 한마디 말이나 침묵으로 세상을 바꿀 힘을 갖고 있다. 꿈꾸며 영감을 주고 미소 지을 수 있다. 인간의 행위들은 그 행위 이후 대를 이어 큰 영향을 미칠 수 있다. 인간은 선천적으로 훌륭하다.

훌륭함은 완벽함을 의미하는 게 아니라, 견줄 데 없는 독특한 존재를 뜻한다. 그 무엇도 인간 고유의 훌륭함을 빼앗아갈 수 없다. 커리어를 구축하고 개발하기 위한 용기를 얻으려면, 반드시 이런 관점을 가져야 한다.

프롤로그: 새 생명
Prologue

과연 살 수 있을까?

정글에서는 중요한 시간이었다. 이렇게 되기까지 2년 가까이 걸렸다. 따스한 오후였고, 대기 중에는 흥분과 기대가 넘쳐났다. 코끼리 떼가 야영하는 늪지대에 새로운 탄생에 대한 기대감이 팽팽했다. 무리의 리더인 세파가 첫 새끼를 출산할 참이었다!

새벽의 태양이 지평선을 가로지를 때, 그 이야기는 무리의 리더들에게 그 다음에는 모든 코끼리들에게 소식이 전해졌다. 예쁜 암컷 (암컷 코끼리)이 태어났고 건강해 보인다고 했다. 곧 정글에서의 첫 번째 도전이 시작됐다. 새끼가 발을 딛고 설 것인가? 태어난 후 처음 몇 시간 내에 일어선 새끼들만 사는 게 정글의 법칙! 마침내 소식이 왔다. 새끼가 첫 도전을 극복했다고, 어렵게 일어섰다! 는 연락이 전해지자 코끼리들 모두 기뻐했다. 세파가 보기에 갓 태어난 새끼는 정말 예뻤다! 백 킬로그램짜리 순수한 환희 덩어리였다! 어미는 젖을 먹이고 옆에서 몸을 따뜻하게 해주면서 새끼가 웃는다고 느꼈다.

　몇 주가 흘렀고 세파가 새끼의 이름을 정할 시간이 되었다. 이 새 생명은 오래 된 아름다운 이름 "벨라"로 부르기로 했다. 고대 정글 경전에서 "생명의 언약"이라는 뜻이었다.

“ 태어난 후 처음 몇 시간 내에
일어선 새끼들만 산다는 게
정글의 법칙이다. ”

The laws of the jungle dictate that
only those that stand within the
first hours after birth will live.

01

벨라,
여덟 살 코끼리
Bella, the eight-year-old elephant

벨라는 남달랐다. 대개 어린 코끼리들은 나이 많고 경험 많은 친척들을 바싹 따라붙어 무리 속에서 이동하는 데 만족했다. 하지만 벨라는 자기만의 길을 모험하려고 했다. 매일 아침 무리의 끄트머리에서 자기만의 짧은 코스를 짜서 움직였다. 매일 전날보다 조금씩 멀리 나갔다. 모험에 나설 때마다 매번 살짝 다른 방향을 택했다.

사실 벨라가 돌아다니는 것은 새로운 곳들과 새로운 것들을 보기 위해서만은 아니었다. 그보다는 정글에서 혼자만의 길을 발견하기 위한 실마리를 찾으려고 했다. 정글에는 대단한 신비, 약속, 진실이 있었다. 지구에서 가장 오래된 곳이었고, 시간이 시작된 때부터 생명의 비밀들이 간직된 곳이었다. 정글이 주는 가능성들은 끝이 없고 선택할 수 있는 것들이 다양했다.

하지만 여러 날이 지난 후에도 벨라는 자기만의 또렷한 선택이나 방향을 알 수가 없었다. 새로운 광경을 볼 때마다 새로운 질문이 생겼다. 새로운 질문이 생길 때마다, 짜릿한 넓은 세상에서 길을 찾고픈 갈증이 더욱 커졌다. 매일 하루가 희망으로 시작되었지만 실망으로 끝났다.

벨라는 슬퍼하며 생각했다. "나는 누구일까? 정글에서 내 자리는 어디일까? 삶이 나를 위해 특별하게 계획한 뭔가가 있을까?"

> 나는 누구일까?
> 정글에서 내 자리는 어디일까?
> 삶이 나를 위해 특별하게
> 계획한 뭔가가 있을까?

"What's my place in the jungle?
Is there something life has
uniquely designed for me?"

02

씨,
나비
Cee, the butterfly

어느 늦은 오후, 빨간색과 옥색 점 박이 나비 한 마리가 벨라의 눈에 들어왔다. 벨라는 오다가다 자주 나비들을 보았고, 몇 마리가 무리지어 날아가는 광경을 구경하기도 했다. 하지만 이 나비는 달랐다. 움직임에서 에너지와 사명이 느껴졌다.

시간이 지나면서 벨라는 이 나비가 대담하고 겁이 없다는 것을 알아차렸다. 나비는 벨라의 코에 떡 올라 앉았다. 하루에 한 번씩 앉는 날이 많았고, 때로는 하루에 몇 차례씩 그러기도 했다.

벨라가 모험을 시작한 지 40일쯤 지난 안개 낀 화

요일 아침, 빨간색과 옥색 점박이 나비가 벨라의 코에 다시 내려앉았다. 정확히 두 눈 사이에! 이번에는 아침 내내 거기 앉아 벨라의 모험을 같이 즐겼다.

몇 시간 후, 평소 말투가 부드러운 벨라가 뻔뻔한 짐짝을 짜증스럽게 쳐다보면서 물었다.

"원하는 게 뭐야?"

"인생은 용기로 시작하지. 질문할 용기와 내면을 들여다볼 용기는 정글에서 너만의 자리를 알아낼 수 있는 첫 걸음이야."

나비가 충격적인 대답을 했다. 그러더니 화려한 날개를 퍼덕이며 가버렸다.

그날 내린 비와 안개로 처음 가본 곳 주변이 제대로 보이지 않아서 벨라는 집으로 돌아갔다. 터벅터벅 걸으면서 나비의 말을 곰곰이 생각했다.

인생은 용기로 시작하지.
질문할 용기와 내면을 들여다볼
용기는 정글에서 너만의 자리를
알아낼 수 있는 첫 걸음이야.

"The courage to question
and the courage to look inside
— are the first steps to reveal
your unique place in the jungle"

03

별난
파트너십
A curious partnership

며칠 후 벨라는 다시 나비를 보았다. 이번에 나비는 벨라가 새로 발견한 산악지방에서 가장 높은 나무 꼭대기에 있었다.

벨라가 소리쳤다.

"이름이 뭐니? 또 왜 계속 나를 따라다니는 거야?"

나비가 대답했다.

"내 이름은 씨야. 정글에는 위대한 지혜가 숨어 있어. 고대의 지혜, 천 세대를 내려온 지혜 말이야."

씨는 벨라의 눈을 똑바로 쳐다보면서 덧붙였다.

"네가 배워야 될 게 많아. 내가 가르쳐주고 싶어."

벨라는 불만스러워서 흉내를 내서 말했다.

"네가 가르쳐줄 게 많다구? 후 불면 날아갈 만큼 가벼운 나비 주제에? 우리는 아무 공통점도 없어. 그런데 네가 나한테 뭘 가르쳐줄 수 있다는 거야?"

씨가 대답했다.

"난 이 거대한 정글을 여행하며 살아왔어. 큰 산들, 천둥치는 듯한 강줄기들, 높이 솟은 케이폭 나무 (동남아와 아프리카에 많은 목화 나무과 나무: 옮긴이) 위를 날아다녔지. 그런데 날아다닌 산이나 천둥치듯 흐르는 강줄기에서는 내가 가진 질문들의 답을 찾지 못한다는 것을 알았지. 그 답들은 가장 높은 나무의 나이테 속이나 내가 가본 놀라운 곳들 어디에도 없었어."

씨는 벨라를 뚫어지게 쳐다보면서 다시 말했다.

"난 질문들의 답을 내 안에서 찾아냈어. 네가 찾는 것은 네 안에 있어, 벨라. 그걸 알아내자!"

04

알아내고
상상하라
Reveal and Imagine

　　다음 날 아침 나비 씨는 일찍 일어
나서 코끼리 벨라의 코에 앉아 기다렸다. 벨라가 눈을
뜨자마자 씨가 외쳤다.

　　"오늘은 여행할 필요 없어, 벨라. 돌아다닌다고 해
서 얻을 수 있는 게 없어. 정글의 지혜는 본인이 열정
을 알아내고, 장점들을 인정하고 욕구를 이해할 때 인
생의 방향이 정해진다고 가르쳐주지.

　　"정글 인생의 네 가지 문제를 다루는 데서 시작해보
자. 이 질문들에 답하려면 아주 정직해야 될 거야. 간
단하게 들릴지 모르지만, 사실은 이 질문들에 답하려

면 네가 지금까지 고심했던 문제들 중 가장 어려울 거야. 질문들에 머리가 아닌 직감으로 대답하는 것이 가장 좋은 방법이야."

벨라는 좀 혼란스럽고 몹시 짜증스러웠다. 또 호기심이 생기기도 해서 가만히 귀담아 들었다. 이 순간을 이용해서 씨가 질문하기 시작했다.

"신중하게 들어봐, 벨라. 그리고 각각의 질문을 외우도록 해.

질문 1: 어떤 직업이든 선택할 수 있다면 어떤 일을 하겠는가?

- 나에 대한 코끼리 무리나 다른 동물들의 기대를 걱정할 필요가 없다면?
- 필요한 모든 먹을 것과 보호를 보장받는다면?
- 무슨 일이든 할 수 있고, 어디든 갈 수 있다면?
- 다른 코끼리가 가본 적 없는 곳을 탐험하거나, 다른 코끼리가 지금까지 해본 적 없는 일을 할 수 있다면, 어떤 일을 선택하겠는가?

"마음속을 찾아봐, 벨라. 네 마음과 육감 안에서 찾아보고 네가 가진 열정을 알아내. 일단 그걸 찾으면 네가 그 삶을 사는 것을 상상해! 그리고 다음 질문으로 넘어가는 거야.

질문 2: 열정에 충실하며 사는 자신을 상상하면, 매일 아침 일어나서 열정을 추구하고 결국은 성공하는 자신을 상상하면, 어떤 기분이 느껴지는가?

□ 마음이 들뜨고 희망이 생기지만 또 두려운가?
□ 힘이 생기고 자랑스럽고 기운이 샘솟는가?
□ 실패할까봐 두려우면서 동시에 성공할까봐 겁나는가?

"위의 모든 항목에 해당된다면 아마 넌 열정을 알아낸 거야! 너만의 방향과 진실한 감정 표현을 찾아낸 거라구. 그게 아니면 뒤로 돌아가서, 더 큰 용기를 내서 폭넓게 질문들을 다시 고민해야지. 두려움과 논리는 저만치 밀어내버려! 그것들이 방해가 될 수 있거든.

"네 마음과 육감 속으로 들어가, 벨라!"

" 내 이상적인 커리어는 무엇인가?"
또는 "내가 그녀를 사랑하는가?"
같은 인생에서 가장 중요한
질문은 마음이나 직감으로
대답해야 해. 마음이나 직감은
이성적이고 논리적인 생각을 뛰어넘지. "

Life's most important questions like:
"What is my ideal career?" or "Do I love her?"
must be answered with your gut, or
intuitive sense — that which transcends
your rational and logical mind.

05

용기
Courage

  며칠 후 아직 날이 밝지 않았을 때
씨가 돌아왔다. 이번에 그는 벨라의 얼굴에 올라서 여
기저기 폴짝폴짝 뛰어다녀 그녀를 깨웠다.

  "씨, 뭐하는 짓이야?"

  "아침을 깨우는 거야, 벨라. 너의 아침을 깨워! 정
글에서 새 날과 거기 담긴 모든 가능성을 끌어내야해.
우리는 하루가 찾아오기를 기다리지 않아. 내가 숙제
를 내줬지? 바로 지금이 마감 시간이야!"

  "숙제 …… 네가 숙제를 내줬다고? 내가 매일 스스
로 그런 질문들을 하지 않는 줄 알아? 난 생각이 많아,

씨. 하지만 그것들이 말이 안 돼. 너는 '네 마음과 직감을 받아들이라'고 말했지. 내가 그러면 우리 무리는 껄껄 웃을 테고, 난 어른 아이 할 것없이 모든 코끼리들에게 놀림 받을 거야! 현실적으로 보라구, 씨. 정글은 거칠고 힘든 곳이야! 그런데 나비들은 정글에서 가장 짜증나는 존재들이란 말을 내가 했던가?"

"벨라, 나는 한때는 애벌레였어. 색깔도 없고, 날 수 있는 능력도 없고, 제대로 볼 줄도 몰랐지. 어느 날 내 색깔이 화려해질 거라고, 거대한 정글 위로 높이 날아오를 거라고 누가 상상이나 할 수 있었겠어? 내 눈은 천 개의 문(나비의 눈은 가느다란 낱눈이 벌집 모양으로 모인 모양이다. 그 눈을 은유적으로 '문'으로 표현: 옮긴이)을 발전시켰고, 나는 여느 동물들보다 더 빨리 더 멀리 볼 수 있어. 나는 무엇이었고, 아무 것도 아니었지만 그 후 내가 된 거야! 내 의지가 내 현실을 만들었어. 너도 할 수 있어! 또 오늘 내 현실은 내 꿈보다도 훨씬 대단해!"

벨라는 괴로워서 애원하며 대답했다.

"내가 뭘 원하는지에 대한 확신이 없다면 어쩌지? 내가 관심을 갖고 추구하고 싶은 게 많으면 어쩌지?

아빠는 늘 내가 타고난 교육자이니 늪에 있는 '정글 아카데미'에 교사로 취직해야 된다고 생각하셨어. 엄마는 내가 창의적인 재능이 있으니 뛰어난 예술가가 될 거라고 느끼시지. 나는 '폭포수 미술 학교'의 미술반에서 실력을 발휘하고 있지. 어쩌면 정글 축제 때 내 작품을 팔 수 있는 날이 올 거야. 아빠 말이 옳은가? 난 남들을 가르칠 수 있어. 엄마 말도 맞나? 난 창의력이 있고, 남들은 생각 못할 예술적인 접근법을 찾아내지. 씨, 난 이러지도 저러지도 못하고 혼란스러워."

"좋아, 벨라. 이게 좋은 출발점이야. 한 번 해보자. 전에 내 친구가 이걸 알아내는 데 도움이 될 좋은 방법을 알려주었어. 나는 이 방법을 '거울 테스트'라고 부르지."

씨는 얼른 날개를 퍼덕여서, 날개 아래 숨겨놓은 작은 거울을 꺼냈다. 씨가 다시 말했다.

"이 테스트를 하기 위해서, 거울을 보면서 네가 선택할 수 있는 두 가지 일에 대해 상세히 말해봐."

씨는 벨라가 거울 앞에 서서, 선생이 될 가능성에 대해 자세히 말하는 모습을 지켜보았다. 벨라는 가르치는 일을 어떻게 할지 세세히 말했다. 그녀가 가진 기술들과 능력들에 대해 설명한 다음, 하루가 어떻게 느껴질지 이야기했다. 씨는 집중해서 지켜보면서, 벨라의 말투와 몸과 얼굴에 드러나는 표정들을 마음속에 적었다.

그런 다음 벨라는 심호흡을 크게 한 후 재빨리 빙그르르 돌더니, 고개를 갸우뚱하고 예술가의 삶에 대해 말하기 시작했다. 그리려는 그림들의 다양한 화풍들에 대해, 작품 주제로 삼을 만한 흥미로운 정글 풍경 — 새끼 오랑우탄부터 늪지의 남쪽 끝의 노을까지 — 에 대해 설명했다. 화가로서 살면 어떤 전형적인 하루를 보내게 될지도 자세히 말했다.

씨는 벨라에게서 눈을 떼지 않았고 누구도 못 따라올 집중력을 발휘했다. 씨는 벨라의 몸짓에 드러나는 섬세한 의미들과 목소리의 미묘한 변화들을 하나도 놓치지 않았다. 벨라의 시선은 줄곧 거울을 향해 그곳만 응시했다.

설명을 마치자 벨라는 고개를 숙였다. 거울 테스트를 끝내자 기운이 빠지고 지쳤다. 몇 분후 벨라가 고개를 들자 눈물이 긴 코를 타고 흘러내렸다. 코끼리 벨라가 속삭였다.

"거울 테스트가 상황을 제대로 파악하게 해주네. 거기에는 아무 것도 없어. 에너지도 없고, 열정도 없고, 초조감도 없어. 난 실패한 것 같아."

씨는 따뜻한 미소와 동정하는 눈빛을 보이며 조용히 말했다.

"아주 잘 했어! 네 마음으로 느끼는 것을 자연스럽게 드러냈어. 네 목소리나 얼굴 표정에는 열정이 없었고, 네 말투나 몸짓에는 에너지가 없었어. 흥분감도 전혀 없었고. 어떤 면으로는 지켜보기가 괴로웠어. 다행히 이제 우리는 '생각하지 말아야' 될 방향들을 알아냈어."

씨는 계속 말을 이어갔다.

"내게 말해봐, 벨라. 어떤 일이 너를 아침에 일어나고 싶어 안달 나게 할까? 얼른 하루를 시작하고 싶어 조바심 나게 할까? 남들의 기대가 없다면, 요구가 없다면, 걱정이 없다면 어떤 일이 네 코끼리의 기상을 드높여줄까? 정말로 어떤 일을 하고 싶니, 벨라? 재미나고 신나는, 새롭고 신선한 일을 생각해봐."

벨라는 머뭇거리면서 살짝 고개를 들었지만, 이번에는 활기부터 달랐다. 벨라가 목청을 높여서 말했다.

"내가 정말 하고 싶은 일은 미친 짓이야. 말도 안 되는 일이지! 그런 일을 해서 생계를 꾸린 코끼리는 아무도 없었거든. 비현실적이고 비합리적인 일이야."

코끼리 벨라는 고개를 숙이고 말을 이어갔다.

"내가 정글의 이곳저곳을 거닐 때, 늘 이 미친 생각이 마음을 꽉 채우고 있어. 내 마음에서는 신나고 현실적이지만, 정글에서 실현하는 것은 꿈도 꾸지 못할 일이야."

"좋았어! 뭔가 시작될 것 같은데!"

나비 씨는 신이 나서 공중에서 휙 돌았다.

벨라가 똑바로 서서 거울을 내려놓았다. 코끼리는 나비를 몇 분간 뚫어져라 응시하다가 입을 열었다.

"난 여행업을 시작하고 싶어! 정글에서 사는 우리가 세상의 멋진 도시들을 여행하도록 주선하고 싶어!"

벨라가 열정적으로 말을 이었다.

"뉴욕 사진들을 본 적이 있어. 마음속으로 에펠탑에 올라가봤지. 로마의 근사한 건물들, 생 페테르부르크의 궁전들, 상하이의 마천루에 대한 꿈을 꿔. 매일 야영지에서 조금씩 벗어난 곳을 돌아다니면서 내 모습을 그려보지. 동물 무리들이 이제껏 본 유일한 세상에서 벗어나서, 꿈도 꾸지 못한 곳을 여행하게 주선하는 나를! 나는 여행 서적들을 달달 외우고, 이따금 여행 일정을 짜느라 밤을 새우기도 해. 일정표를 열다섯 개쯤 만들어놨지! 난 기획하는 게 좋아. 동물들을 좋아해. 열심히 일하는 것은 겁나지 않아. 이런 경험들의 결과로 여행자들의 삶이 얼마나 풍요로워질지 상상하면 밤에 잠을 이룰 수가 없어."

벨라는 갑자기 말을 뚝 끊고, 고개를 숙여 거울을 들여다보았다. 그리고 그녀가 말했다.

"이 모든 게 얼마나 어처구니없는 소리야. 불가능하다는 말로는 부족하지. 코끼리 덩치 값도 못하고 참!"

> 거울은 알아내기 어려운
> 진실을 비춰주는 강력한 도구다.
> 우리 내면 깊이 느끼지는 진실을.
>
> The mirror is a powerful tool in that it
> reflects a truth that may be difficult to
> reveal, one rhat is felt deep inside of us.

06

성공을 위해
승부하라!
Risk to Succeed

"대단하군!"

나비 씨가 소리쳤다.

"뭐라고?"

벨라가 서글프게 물었다.

"난 '대단하다고' 말했어, 벨라! 우린 그것을 향해 가는 거야!"

이 시점에서 씨는 무척 진지해졌고 전문가다운 어조로 말했다.

"일단 네 여행사업 콘셉트는 하나의 목표 그 이상이야. 어느 정도는 비합리적이거나 비현실적으로 보일 수도 있지. 네게 이것은 흥분되고, 활기차고 힘을 주는 일이지? 딱 필요한 일이야! 벨라, 네가 보여준 흥분감에서 시작해 그 일을 이루기 위한 어려움에 이르기까지, 이건 분명 네 내면 깊은 곳에서 나온 관심이야!"

이제 씨는 최대한 꼿꼿하게 서서 말을 이었다.

"네가 이 이야기를 자세히 말할 때 얼마나 생기 넘치고 활기차고 집중했는지 확실히 보였어. 네가 거울을 보고 했다면 거울도 빙그레 웃었을걸."

씨는 다시 전문가다운 분위기를 풍기면서 계속 말했다.

"거의 다 왔어, 벨라! 이제 구슬들을 꿰어야 해 ……. 마지막 두 가지 정글 인생 문제에 초점을 맞추자. 네 장점을 알아내고 네 욕구에 초점을 맞춘 문제들에 집중하는 거야. 지금은 타고난 장점들을 구분해 낼 시점이야. 네게는 수월한데 다른 코끼리들에게는 어려운 재주들이 있어. 그것들을 모두 알아내! 겉으로는 중요해 보이지 않는 기술들과 남들이 말해준 재주들에 대해 내게 말해봐. 다른 동물들이 알려준, 네 타고난 능력들과 감추어진 능력들을 상세히 말해줘. 그것들을 목록으로 만들어. 하나하나 다 적어!"

씨는 계속 말했다.

"너는 창의적인 아이디어맨이어서 신제품이나 서비스를 개발하는 데 적격일 지도 몰라. 혹은 관리자의 자질이 더 풍부해서, 과정들에 대한 이해력과 세부 사항에 대한 주의력을 발휘해 남들을 이끌 수도 있지. 너는 장기적인 방향, 즉 큰 그림을 갖고 전략적으로 사고할 지도 몰라. 혹은 숫자들을 근거로, 하루하루 운영해서 이익을 창출하는 데 천부적인 소질이 있을지 모르지. 내 말을 잘 들어, 벨라. 너희 코끼리들은 겸손한 걸로 유명하지만, 여기 겸손이 끼어들 틈이 없어. 또 허영심 따윈 관심사가 아니야!"

벨라는 짜증스럽고 약간 고집스럽게 반박했다.

"이봐, 씨. 네가 나에 대해 '좋은' 얘기나 한다면 난 여기 있지 않을래. 여행 같은 것은 나비한테는 괜찮은 일일지 몰라도 나를 잘 봐. 코끼리들은 그게 아니거든!"

씨는 벨라의 반발을 완전히 무시하면서 권위 있게 말했다.

"너는 특별한 장점들, 타고난 자질들, 진정한 관심사를 실현시킬 능력들을 가졌어. 일단 네 장점들을 파악하면, 어떤 일을 할 수 있는 가능성이 있는지 정확히 알아볼 수 있어. 그것들을 지금 적어보자. 벨라!"

두 시간 후 (코끼리는 때로 몹시 완고한 성격으로 유명하다), 벨라는 22가지 장점들을 적은 목록을 내밀었다. 그 중 눈이 가는 항목은 다음과 같다.

□ 창의력
□ 세부 지향
□ 탁월한 경영 기술
□ 열성적인 팀 구성
□ 후속 조치 지향

씨는 생각했다. '지금까지 아주 잘 왔어. 벨라의 장점들은 꿈을 현실로 만들기에 적합하지만, 명확한 방향을 잡기 위해서는 더 필요한 게 있지.'

나비는 벨라가 지치기 시작했다는 것을 알아차렸지만 더 할 일이 있었다. 마지막 조각이 — 벨라의 욕구를 파악하는 일 — 지금껏 해온 모든 과정을 하나로 묶어줄 터였다. 벨라의 욕구가 파악되면 결론이 도출되어 새로운 방향을 세울 수 있었다.

씨는 다시 전문가의 말투로 말했다.

"이 시점에서 너는 더 깊이 내면에 파고들어 네 욕구를 알아내야 해. 너를 잘 아는 내면의 목소리들에 귀를 기울여서, 가장 도움이 될 만한 환경을 자세히 설명해야 해. 예를 들어 다른 동물들이랑 앞에서 일하는 게 좋은가? 아니면 일의 배후에 남는 게 더 편한가? 고객을 직접 상대하지 않는 관리자가 되는 게 더 좋을까? 아니면 현장에서 일하는 코끼리가 더 어울릴까? 어떤 대가를 치루더라도 피하고 싶은 어떤 상황들이 있는가? 시도하고 싶어 기대가 되는 상황들이 있는가?

몇 시간 후 (나비들은 때로 참을성 많은 성격으로 유명하다) 둘은 벨라의 욕구를 명확히 알 수 있었다 ― 이 개봉박두인 사업에 가장 효과적인 환경이 파악되었다.

벨라는 수줍음을 타는 성격임을 인정했다. 그녀는 동물 해외여행에 따르는 복잡한 세부 사항을 척척 처리하는 자신을 확실히 그릴 수 있었지만, 소집단에서 더 마음이 편했다. 벨라의 욕구는 가이드보다는 여행 기획 부문에 더 적합하다는 사실이 드러났다. 현장 업무보다 배후에서, 관리자 역할이 더 성공적일 터였다.

씨가 말했다.

"만족스러워. 이것을 '벨라의 모험'이라고 부르자! 이 커리어 방향이 네가 가진 열정을 드러내고, 기술들과 타고난 장점들을 아우를 거야. 그래서 편안한 환경에서 일이 술술 풀릴 수 있게 해줄 거야.

"벨라의 모험 …… 그게 정글을 뒤흔들 거야!"

관심 + 기술 + 욕구 = 커리어 성공

Interest + Skills + Needs = Career Success

07

보고
알라
See and Know

　　1주일이 지났고, 벨라는 이제 코끼리 무리와 떨어져서 돌아다니지 않았다. 종일 침울하고 기가 죽은 모습으로 어슬렁거렸다. 나비 씨를 도무지 찾을 수가 없었다. 며칠이 더 흘렀고 결국 벨라는 씨와 우연히 마주쳤다. 씨는 탐스러운 노란 꽃에 앉아 볕을 쬐고 있었다.

　　"꼴이 왜 그래, 벨라! 내 이제껏 정글에서 살면서 너처럼 엉망인 코끼리는 처음 본다!"

　　씨가 나무랐다.

　　벨라는 좀 화가 나고 몹시 절망스러워서 소리쳤다.

"전부 끔찍하고 짓궂은 장난이었던 거지? 자유의 여신상에 있는 거위들이나 버킹엄 궁 입장표를 사는 원숭이를 본 적이 있어? 내가 무슨 생각을 했던 거람? 너는 왜 나를 부추겼어?"

벨라가 고함을 질렀다.

나비 씨는 오래 침묵하다가 고개를 들고 말했다.

"뒷다리로 서봐. 벨라."

"뭐야?"

벨라가 놀라서 쏘아붙였다.

"뒷다리, 벨라! 넌 지금 앞다리를 쳐다보고 있어."

벨라는 입을 다물고 나비가 시키는 대로 했다. 초조하게 벨라를 지켜보던 씨가 선언하듯 말했다.

"괜찮은데. 이제 앞다리를 쭉 펴서 최대한 높이 올려봐. 앞에 있는 그 가지의 꼭대기에 닿도록 뻗어. 더 멀리, 더 멀리. 더 높이, 더 높이. 쭉 펴서 뻗으라구. 더 높이! 더 높이! 계속 뻗어. 밀어! 자, 벨라. 힘껏 밀어, 통증을 느껴 보라구. 더 높이 뻗어. 자, 더 높이 뻗으라니까! 거의 됐어, 벨라. 조금 만 더…… 쭉 밀어, 벨라!"

벨라는 한 번도 시도한 적 없을 정도의 노력을 기울여 뒷다리로 서서 씨가 말한 가지에 닿을 만큼 앞다리를 뻗었다.

"기분이 어때, 벨라?"

씨가 물었다.

"기분 좋아."

벨라가 놀라서 소리쳤다.

씨가 부드럽게 지시했다.

"그렇게 버티면서 계속 다리를 앞으로 뻗어. 근육들을 쭉 늘여서 하늘을 향해 뻗으면 몸이 되살아날 거야. 덕분에 평소 닿았던 것 넘어 있는 것들을 건드릴 수 있을 거야.

"이제 이걸 알아둬. 지성적, 감성적으로 생각과 상상력을 쭉 펴면, 쭉 뻗으면 예전에 상상하지 못한 것들을 보고 이해하게 돼. 쭉 뻗을 때, 가능하다고 상상도 못한 곳을 움켜쥘 가능성 덕에 활기가 생기는 거야. 그게 바로 필수적이고 생명을 주는 승부를 건다는 거야.

"똑똑히 알고 기억해, 벨라. 승부를 건다는것은 정글의 어느 지역에 사느냐와 무관하게 모든 생물에게 산소야. 그것은 의지의 촉진제이고 상상력의 챔피언이야. 승부를 건다는것은 인생 여정과 기회를 가능하게 해. 성공하려면 반드시 승부를 걸어야 해, 벨라! 성공하려면 승부를 걸어야 해! 이것이 정글의 길이야. 지금까지 언제나 이 길이 있었고, 앞으로도 그럴 거야.

"내가 경고할게, 벨라. 때로는 울음이 터질 정도로 두려울 거야. 툭하면 네가 시작한 일 전체가 의심스럽고, 이 방향으로 가라고 부추긴 이들에게 부아가 날 거야. 그때가 오면 용기를 잃지 마, 벨라! 네가 옳은 길에 서 있고, 네 인생을 만들기 시작했다는 점을 명심해. 더 높이, 더 강인하게 서기 시작했다는 것을, 정글 동물들 사이에서 비상함을 드러내고 있다는 것을 명심해. 실패하면, 즉 쭉 펴거나 뻗지 못 한다면 ─ 인생에서 성장의 긴장감, 두려움, 불안감을 만들어내지 못한다면 ─ 특별한 인생의 최고 기회에 문을 닫아거는 거야. 그리고 최고의 잠재 능력에 이르지 못하지."

씨는 숨도 쉬지 않고 말을 이었다.

"지구별 전체의 정글에는 진정으로 성공 못하고, 본연의 모습을 찾기 위해 자기를 초월하는 모험을 해보지 않고 평생을 보내는 동물들이 많아."

이즈음 씨는 늙은 소나무의 가지로 옮겨가서, 천천히 유난히 신중한 말투로 계속 말했다.

"어떤 정글 생물들은 '지옥'이라는 게 있다고 믿지. 생을 마치면 영혼이 불과 유황이 타는 곳으로 간다는 거지. 거기서 그는 인생에서 저지른 잘못들 때문에 온갖 종류의 고초를 당하지. 그것의 영혼은 한동안 거기 머물러야 해. 저지른 모든 잘못의 대가로 충분히 고통을 받은 후에 '천당'이라는 곳으로 옮겨가는 거야. 거기서 그는 모든 선행과 바른 처신에 대한 상을 받지.

"'나비 경전'에는 정글에서 삶을 마친 후의 사후에 대해 다른 이야기가 나와 있어. 우리는 생명체의 영혼이 특별한 곳으로 보내진다고 믿지. 하지만 그 특별한 곳에는 뜨거운 불 따위는 없고 아무런 고통도 없어. 나비들은 영혼이 육신을 벗어나면 드넓고 끝없는 것 같은 계곡에 홀로 선다고 믿어. 두 개의 강줄기가 그 계곡을 지나지. 영혼이 서 있는 곳에서 더 가까운 강의 수면에 수 백 개의 그림이 하나씩 차례로 떠오르면서 그 나비가 살아온 삶을 보여주지. 초년기부터 말년까지, 그가 말한 중요한 이야기들과 내렸던 결정들, 사건들이 수면을 꽉 채우며 조명되지. 두 번째 강에는, 그 나비가 가진 기술들, 재능, 잠재성을 발휘해서 살 수 있는 인생이 나타나지. 나비가 경험할 수도 있었던

코끼리 벨라 이야기

가능성들, 기회들, 모든 성취들이 그 강의 수면에서 너울대는 거야. 강물이 흘러내려가면서, 나비가 누렸을지 모를 인생의 중요한 일들이 하나하나 점점 더 밝게 빛나지. 이룰 수도 있었던 모든 일들이 물 위로 솟아오르고, 그것을 지켜보는 영혼은 그가 누렸을 수도 있는 환희를 느끼지."

이제 씨는 목소리를 낮추고, 벨라의 눈을 응시하면서 말을 이었다.

"그가 살았던 인생과 살 수 있었던 인생을 깨달은 순간 고통을 느끼지. 그가 잠재성, 기술, 기회를 발휘해서 할 수도 있었지만 하지 않은 일들을 반복해서 지켜보는 것이 바로 고통이야. 그것을 막은 것들이 ─ 두려움, 무기력이나 자신과 인생에 대한 부족한 믿음 ─ 지켜보는 영혼 주위에 먹구름을 만들지.

"벌어진 일과 가능할 수 있었던 일을 지켜보기만 할 뿐 바꿀 수가 없는 것이야말로 진짜 지옥이지."

나비 씨는 몸을 쭉 펴면서 분명하게 말했다.
"나라면 그걸 보느니 유황불을 선택하겠어!"

씨는 벨라가 처음 보는 애정과 결단력이 넘치는 태도로 덧붙였다.

"벨라, 우리는 할 수 있는 모든 일을 해야 해. 그래야 두 강물에 똑같은 것들이 떠오르게 된다구!"

씨는 벨라에게 미소를 지으면서, 등을 토닥이듯 말해주었다.

"거기서 나와서 시작해! 아 참, 이제 다리를 내려도 되겠다, 벨라."

“ 불과 유황이 문제가 아니야.
우리에게 주어진 삶을
살아가느냐가 문제지. ”

It's not about fire and brimstone.
It's about living the life a
creature was endowed to live.

08

실행
Exccute

"연설 한 번 멋지네, 씨. 정확히 뭘 하라는 거야?"

벨라가 감동받지 않은 듯 쏘아붙였다.

"비현실적으로 보이는 목표를 성취하려면 현실에 기초한 계획에서 시작해야지."

씨가 대답했다.

나비 씨는 전문가다운 말투로 이어서 설명했다.

"먼저 '성공을 위한 시간표'를 구성해. 성공을 위한 시간표는 시간과 행동 계획표야. 당장의 목표와 3/6/9개월짜리 목표들, 목표 달성을 위해 해야 될 일들을 세세히 기록해.

"다음에는 '성공 파트너'를 만나야지. 성공 파트너는 너를 잘 이해하는 동물이야. 너의 멘토가 되고 또 옳다고 믿는대로 행동하는 양심이 될 거고, 앞으로 나가게 도와줄 거야. 그는 네가 겪을 두려움과 난관을 예상할 만큼 너를 잘 알고, 한편 필요할 때는 너를 질책해줄 거야. 파트너는 네가 장점과 비전을 명확히 표현하게 도와줄 거야. 성공 파트너는 반드시 있어야 해. 너는 운 좋은 코끼리구나, 벨라. 너한테는 내가 있으니!

"다음 단계는 그렇게 살기 시작하는 거야. 1주일에 적어도 5시간은 네가 가장 원하는 일에 쏟는 거야. 그 일로 돈을 벌 방법을 생각하지 못 했더라도 그 일을 해봐.

"이제 해보는 거야!"

벨라는 약간 반항적인 투로 대꾸했다.

"씨, 듣기에는 좋은 말이지만 사실 어젯밤에 아버지가 다녀가셨어. 나는 정글에서 생활비를 벌기 시작해야 해! 아버지는 내게 직장을 구해야 한다고 하셨어. 내가 책임을 다 하지 않는다고 느끼시나봐. 나는 당장

1주일에 다섯 시간씩 하고 싶은 일을 실험하면서 보낼 여유가 없어⋯⋯"

씨가 벨라의 말을 끊고 말했다.

"내 생각에는 그렇지 않아. 누구나 1주일에 다섯 시간은 만들 수 있어. 이런 식으로 하면 돼. 전일제 일자리를 구해서 필요하면 1주일에 40시간씩 일해. 하지만 깨어 있는 나머지 시간을 주의 깊게 살피면, 최소한 5시간을 만들어내서 하고 싶은 일을 할 수 있어. 가장 하고 싶은 일을 하면서 보내는 그 시간이, 직장 업무를 할 때 에너지와 창의력을 강력하게 충전해준다는 것을 알게 될 거야. 아주 제한적으로라도 가장 하고 싶은 일을 하면, 직장에서 맡은 업무를 더 잘 수행하게 될 거야!

"시간이 흐르면 인생이 용기와 끈기에 대한 보상을 해주고, 정말 소질 있는 일 쪽으로 중심이 옮겨갈 거야. 1주일 중 풍요로운 5시간은 점점 늘어나고 업무를 보는 40시간은 점점 줄어들지. 점차 노력이 성공을 거두면서, 좋아하는 일을 하면서 보내는 시간이 결국 풀타임(전일제) 직업이 될 거야!

"이제 해보라구!"

작은 현실에 기초한 단계들 +
성공 파트너 +
주목할 만한 시간 투자 =
"비현실적인" 목표의 실현

Small, Reality - Based Steps
+ A Success Buddy
+ A Measurable Time Commitment =
The Realization of "Unrealistic" Gools

09

꿈보다 더
큰 현실
The reality is bigger than the dream

6개월 후, 벨라와 가족의 야영지
인근 나무에 커다란 휘장이 걸렸다.

벨라의 모험

정글 해외 여행

휘장 밑에 다른 안내문이 붙어 있었다.

선착순 20 분 10% 할인

이 안내문 아래 모든 동물들이 모였다. 사자들, 코끼리들, 곰들, 코요테들, 오랑우탄들, 기린 가족까지 끝이 안 보일 정도로 줄지어 서 있었다. 꿈꾸던 곳을 방문한다는 데 대해 다들 흥분했다.

유클립투스 나무 밑에서 벨라와 씨는 각 개인과 단체의 여행 계획을 하나하나 짜주느라 분주했다. 그러면서 진짜 업무가 시작되었다! 정글 언어를 이해하는 전화예약 담당자를 알아보는 것으로 일이 시작됐다. 벨라의 특별한 관광객들을 받아달라고 그 사람을 설득했다. 그리고 나서 물물교환으로 여행비를 내는 불가능할 듯한 일까지 처리했다(정글 동물들은 인간의 화폐를 쓰지 않으니까).

다섯이 에펠탑에 입장하려면 개구리알이 정확히 몇 개 필요한가? 호랑이 가족이 내놓은 사슴 가죽으로, 샌프란시스코 행 비즈니스클래스 항공표 아홉 장의 값을 치를 수 있나?

모든 일이 처리되자 수송업무가 시작되었다. "벨라의 모험"팀은 전례 없는 수송 문제들을 해결했다.

□ 코끼리를 보잉 767기에 편안하게 앉히기

□ 기린 가족을 태울 수 있는 관광버스 준비하기
□ '동남 정글 파충류 협회'의 예약을 받아줄 고급 레스토랑 섭외하기
□ 평균 체중 1톤인 야생 버펄로 단체가 엠파이어스테이트 빌딩 꼭대기층을 관람할 수 있게 하기

벨라에게는 일에 매달리는 시간이 주당 5시간에서 50시간으로 늘었다. 안내 겸 매니저 일을 맡은 나비 씨는 지쳤고, 수송 담당 직원은 며칠 이상 버티지 못했다. 사실 꿈보다 현실이 더 커져버렸다!

벨라는 나중에 이 기진맥진한 나날을 되돌아보면서 얼마나 큰 성취감과 행복감을 느낄지 이때는 상상도 못 했다.

그리고 그런 상황이 시작되었다.

10

난관들
Bumps

몇 달간 지치기는 했지만, 소규모
의 '벨라 모험' 팀은 아주 잘 해나갔다. 그러다가 상황
이 변했다. 온 세상이 뒤집어지고 모두 돌아버린 것
같았다!

세계 여행 협회는 동물의 여행을 반대하는 결의안
을 채택하기 위해 스위스 제네바에서 회의를 개최할
예정이었다.

대형 국제 항공기에 탑승자의 체중 제한이 도입되

었다.

'고급 레스토랑 협의회'는 단체의 규칙을 개정하는 제안서를 돌리기 시작했다. 여기에는 레스토랑에서의 엄격한 에티켓 준수 사항이 포함되었고, 고객이 레스토랑에 두 발로 걸어들어와 두 손으로 먹을 수 있는 능력을 보여주어야 된다는 항목이 있었다.

환경 단체 '정글, 마지막 프론티어'의 237개 지부는 정글 동물들을 공항에 수송하는 버스들이 환경에 위협을 가한다는 청원서를 유포하기 시작했다.

갑자기 '벨라 모험'의 꿈같은 현실은 사라져버렸다. 벨라의 고객인 정글 동물들은 겁을 먹었고, 차별당한다고 느꼈다. 대부분은 여행 계획을 취소했다. 나머지 동물들은 여행을 무기한 연기하기로 결정했다. 벨라가 돌아보는 곳마다 넘지 못할 것 같은 난관들이 있었다. 하루하루 전날보다 상황이 더 어려워졌다.

벨라가 자책했다.

"어떻게 이런 문제들을 예상하지 못 했을까? 왜 더 신중하지 않았담? 왜 더 천천히 움직이지 않았을까?

내가 약속을 지키리라 기대하는 고객들을 어떻게 대하지?"

벨라는 사무실 문을 닫고 새 휘장을 내걸었다. 여행사 개업일에 휘장을 붙인 이후 처음 거는 휘장이었다.

거기에는 이렇게 적혀 있었다.

벨라의 모험
휴가로 인해 휴무

벨라는 사무실에 혼자 앉아 있었다. 전화벨이 울리지 않았고 컴퓨터도 꺼진 생태였다. 벨라는 꼼짝도 하지 않았다. 그냥 하루가 멀다 하고 책상에 앉아 눈물짓고 상심에 빠졌다.

어느 늦은 오후, 사무실 문을 두드리는 소리가 났다. 벨라는 생각했다. '모르는 체 하는 게 최선이야. 그러면 사무실이 비었다고 생각하겠지.' 몇 분간 계속 문 두드리는 소리가 나다가 벨라의 이름을 부르는 부드러운 목소리가 들렸다.

벨라는 그 소리를 알아들었다. 엄마 세파였다. 하지만 벨라는 꼼짝 않고 조용히 그대로 있었다. 이 가슴

아픈 순간에 엄마를 마주할 수가 없을 것 같았다. 사업이 망했다는, 아무 것도 남지 않았다는 사실을 알면 엄마가 어떤 반응을 할지 차마 볼 수가 없었다. '이런 일들을 예상만 했더라도.' 벨라는 몇 번이고 되뇌이며, 죄책감과 회의감에 빠졌다.

세파는 돌아가지 않으려 했다. 며칠간 딸을 보지 못했고, 벨라가 누구와도 대화하지 않고 사무실에 혼자 있다고 새들이 지저귀는 소리를 듣고 온 길이었다.

"벨라, 여기 바깥은 춥고 점점 어두워지고 있구나. 하지만 네가 들어가게 해줄 때까지 난 안 갈 거야! 부탁이다, 벨라. 난 널 봐야겠다."

세파가 애원했다.

벨라는 밖이 점점 어두워지고, 이제 곧 엄마가 밤에 정글에 혼자 나와 있으면 위험해진다는 것을 알았다. 그래서 마지못해서 문을 열었다. 어머니가 안에 들어오자 벨라는 세파의 코에 쓰러져서 흐느껴 울기 시작했다.

11

버리고 버리고
간직하라
Shed, Shed, Save

벨라가 어릴 때 세파는 매일 밤 이
야기를 해주었다. 행복감을 주는 아름다운 이야기들이
었고, 가끔은 노래로 끝이 났다. 그날 저녁 세파는 딸
을 꼭 안고 이야기를 해주기 시작했다. 전에 해준 적
없는 이야기였다.

"예쁘장한 젊은 코끼리가 있었단다. 그녀는 자기보
다 나이가 제법 많은 미남 코끼리와 사랑에 빠졌지.
정글에서는 들어본 적이 없는 연애였지. 아름다운 한
쌍이 깊은 사랑에 빠졌고 친지들에게 응원과 지지를
받았지.

"어느 날 아무 경고도 없이 모든 게 변했어. 수컷 코끼리가 한 마디 말도 없이, 작별 인사도 없이 사라진 거야. 하루하루 지났지만 그는 무리에게로 돌아오지 않았지. 몇 달이 지났고, 그에게 다른 짝이 생겼다는 소문이 들려왔어."

이 대목에서 세파는 이야기를 멈추고 가만히 울기 시작했다. 잘 보이지 않는 눈물이 코를 타고 천천히 흘러내렸다.

"그이가 왜 나를 버렸는지 이해할 수가 없었어. 그저 내 탓만 했지. 내 잘못으로 여겼어. 며칠 간 나는 아픔과 자책감을 안고 지냈고, 그것을 내려놓지 못했어. 몇 달간 머릿속으로 그 경험을 반복해서 되새겼지. 엄청나게 자책하면서 나 자신을 비판했어.

"그러다가 내 인생을 되돌릴 시점이 왔지! 어쩔 줄 모르는 낮과 잠 못 이루는 밤을 오래 보낸 끝에, 결국 나는 정글의 어른에게 받은 가르침을 기초로 인생을 밀고 나갈 계획을 세웠단다. 오래 전에 들은 그 조언을 너에게 알려 주마, 벨라. '정글 해방 법규'라는 거야. 서문은 이렇게 시작해. '우리는 모르는 이들은 금방 용서하고, 사랑하는 이들은 그보다 늦게 용서하고, 스스

로를 용서하는 데는 가장 힘든 시간을 갖는다. 자책감은 파괴적인 감정이다.'

"법규는 자책감을 생기는 즉시 없애야 된다고 조언해. 실패하면 얼른 자신을 용서하거라 ― 선의를 가진 남들을 용서해주듯 말이지. 왜냐면 너는 그보다 자격이 있는 존재니까. 실패에 따르는 아픔과 자책감은 버려. 마음에서 그 경험을 버리렴. 그 교훈은 간직했다가 전보다 더 훌륭한 일을 만들 때 이용하거라.

"버리고, 버리고, 간직해!

"법규는 길고 시간이 지나야 익히게 될 게다. 하지만 법규는 거기서 얻는 모든 통찰력을 이해하게 해주는 말로 마무리되지.

'헛발질: 선물.
고통: 인생의 스승.
사랑하는 모든 이 앞에서 실패하라. 그리고 자유로워지라.

'헛발질: 선물.
고통: 인생의 스승.
사랑하는 모든 이 앞에서 실패하라. 그리고 자유로워지라.

벨라가 물었다.

"선물이요? 인생의 스승이요? 왜 누가 공개적으로 실패하고 싶겠어요?"

어머니는 딸의 머릿속에 들어있기라도 한 것처럼 대답했다.

"내 귀염둥이 벨라야, 실패는 선물이란다. 그것이 주는 교훈은 값으로 매길 수 없이 귀하지. 공개적인 실패는 인생의 소중한 선물이야. 실패하면 자유로워져서 다시는 겁내지 않거든! 공개적으로 실패하면 너를 사랑하는 이들 앞에 무방비상태로 서게 되지. 그리고 인생에서 두려워해야 되는 것은 시도해서 실패하는 게 아니라, 시도하는 것에 실패하는 것임을 확실히 알게 해준단다.

"공개적인 실패는 인생을 해방시켜주지!"

그리고 엄마는 벨라를 꼭 안아주고 사랑 담긴 말을 해주며 떠났다. 벨라는 혼잣말로 속삭였다.

"헛발질은 선물. 고통은 인생의 스승. 나는 사랑하는 모든 이들이 보는 앞에서 실패하는 축복을 누리고 있다…… 헛발질은 선물. 고통은 인생의 스승. 나는 사랑하는 모든 이들이 보는 앞에서 실패하는 축복을 누리고 있다……

"나는 자유로워."

그리고 그녀는 눈물을 흘리면서 미소지었다.

그날 밤 벨라는 뜬눈으로 새다시피 했다. 새 날을 시작하고 싶어서, 그녀에게 어려움을 준 모든 것들에 도전하고 싶어서 조바심이 났다. 아침 해가 떠오르기 시작하자, 벨라는 자신이 가지고 있는 줄도 몰랐던 엄청난 힘을 내서, '세계 여행 협회'의 의장이자 최고 책임자와의 전화 면담을 요구했다. 그녀는 불친절한 비서에게, 의장이 통화를 거절하면 3개 대륙의 정글에서 동물 10만 마리가 제네바의 '세계 여행 협회' 사무소 앞을 행진할 거라고 말했다.

"개과와 고양이과 동물들은 수십 년 전부터 여행을 해왔어요. 짐을 나르는 짐승들도 마찬가지고요! 정글 동물들의 여행을 제한하려는 어떤 시도도 강력한 저항에 부딪치게 될 겁니다."

벨라는 공표하듯 말했다.

다음 단계는 항공사들이었다. 여기서 벨라는 아버지의 노하우를 이용했다. 노련한 정치가이자 외교관 같은 솜씨로 운임 체계를 협상했다. 독특한 정글 승객들에게 필요한 서비스를 제공하는 데 소요되는 초과 비용을 지불하기로 타협했다. 초기에는 '이건 절대 있을 수 없는 일!'이라는 반응이 나왔지만, 이어서 이해 당사자인 여행자, 항공사, 여행사에게 복잡하지만 공평한 타협점이 나왔다.

'고급 레스토랑 협의회'와의 문제는 더 복잡한 일이었다. '세계 최고 도시들에 있는 최고급 레스토랑들에게 정글 동물들을 받는 것이 손님들에게 좋은 식사 경험이 될 거라고 어떻게 설득하나?' 이 문제를 해결하기 위해 벨라는 뉴욕, 런던, 파리에 사무소를 둔 유명 홍보 회사에 의뢰했다. 60일간의 준비 기간을 거친 후, 그들은 '동물은 인간의 절친'이라는 캠페인을 펼치기로 합의했다. 미국과 유럽의 수도들에서 주요 정글 인사들이 동물 애호가들과 공동기자회견을 열었다. 1년 이내에 레스토랑들은 '벨라 모험'에 손을 내밀어, 소그룹의 정글 여행자들의 예약을 받아주었다.

환경 캠페인은 가장 큰 난관이었고, 독특한 대응을 요구했다. 이 경우 벨라는 시간제 근무자를 고용해서, 환경운동가들과 일하는 업무를 전담하게 했다. 새로 사귄 '세계 여행 협회'의 협력자 도움으로, 새로 발생

된 교통량으로 인해 정글 생태계가 위태로워지는 것을 막는 안전장치 체계를 마련했다. 더불어 '벨라 모험' '정글들' '마지막 프런티어'가 협력해서 노력한 결과, 매년 여름 정글 사파리가 개최될 예정이었다. 사파리는 인간들과 정글 동물들이 참석하고, 정글 서식지의 취약성에 초점을 맞출 터였다.

결단과 용기가 필요했지만, 몇 달 내로 '벨라 모험'은 되살아났다! 억눌린 여행에 대한 욕구 덕에 여행 사업은 이전보다도 호황을 누렸다.

> 내 자녀들과 내가 좋아하는
> 모든 이들이 가능한 빨리 공개적으로
> 큰 실수를 저지르면 좋겠어.

I wish my children and all of those
about whom I care a giant,
public failure — as soon as possible.

12

배워야 한다는
것을 배우라
Learn to Learn

"벨라, 우린 하루 휴무해야 해."

어느 이른 아침 씨가 말했다.

"무슨 말을 하는 거야, 씨? 일들이 해결되기 시작해서 처리할 일이 엄청나게 쌓여 있는데."

씨가 단호하게 대답했다.

"맞아. 우린 하루 사무실을 닫고 사외 교육을 하러 갈 거야. 난 그걸 '야생 워크샵'이라고 부르지."

씨는 그 말을 한 다음 툴툴대는 벨라를 끌고 사무실에서 나와, 벨라의 집으로 향했다.

벨라가 항의했다.

"어디 가는 거야, 씨? 네 신비 전략이 지겨워 죽겠다. 또 난 머릿속에 생각이 아주 많다구."

"네 방에서 잠시 시간을 보낼 거야."

씨는 살짝 긴장감을 내비치며 말했다.

"어디?"

벨라는 납득이 가도록 설득하려고 했다.

1분 후쯤 씨가 미소 지으며 말했다.

"다 왔네! 멋진 방이구나, 벨라. 그런데 뭔가 빠졌네. 동굴에 네 방이라고 할 만한 다른 구역은 없어?"

"내가 말했지, 씨. 오늘은 네 수수께끼 놀음에 관심 없다구."

"이 방에는 가장 중요한 요소가 빠졌어. 뭐가 빠졌다고 생각하니, 벨라?"

"나비를 피해 도망치는 코끼리를 본 적 있어? 그만 좀 해, 씨."

"잘 들어, 벨라. 지난번에 너는 실패를 감당하고 실패를 인생의 디딤돌이자 자유를 얻는 수단으로 다루는 법을 배웠어. 이제 상황을 지휘하면서 난관과 변화를 예상해야 된다는 것을 배울 때야. 네가 변화의 주도자가 되어야 된다는 것을 배울 때지. 달리 표현하자면 네 책들은 어디 있니, 벨라?"

"말을 해봐, 씨."

"정글에서의 삶은 툭하면 사업가들을 예상치 못한 상황에 빠트리지. 코끼리들은 기억력이 뛰어나지만, 예측하는 법을 배워야 해. 나비들이 흔히 말하는 '예상치 못한 일을 예상해야' 되는 거지. 그럴 수 있는 유일한 방법은 계속 배우고 새로운 아이디어들을 통해서 성장하는 거야, 벨라. 매일 지식의 범위를 넓히고 그것들을 시험하는 것을 읽거나 공부해야 해. 늘 신선함과 호기심을 가져야 해. 항상 진실이라고 넘겨짚었던 것을 다시 들추거나 거부하는 것을 두려워 말아야 해. 변화보다 한 걸음 앞에 서서 궁극적으로 변화의 선도자가 되려면, 배워야 된다는 것을 배우고 영원한 학생이 되어야 해."

씨는 벨라가 귀담아 듣는 것을 알아차리고 계속 말했다.

"이런 식으로 하는 거야. 먼저 매일 새로운 것을 읽거나 공부해야 해. 생계수단과 관련된 책들도 읽어야겠지만, 그보다 중요한 것은 생계수단과 관계없는 것들을 읽어야 된다는 거지! 건축과 교육에 대한 책을 읽어. 세상에서 일어나는 사건들과 화학에 익숙해져. 고교 시절 배운 수학과 외국어를 다시 배워. 뭐든 배우는 게 즐거운 것을 배우도록 해. 머리에 쥐나게 하는 거라면 다 좋아. 매일 새로운 정보로 도전의식을 북돋우는 거지."

"말 다 했어, 씨? 이제 일하러 가도 되겠지?"

벨라가 물었다.

씨는 벨라의 말을 못 들은 듯이 계속 말했다.

"다음에는 그 배우는 시간을 정해야 해. 하루 15분 정도의 짧은 시간도 괜찮지만, 반드시 집중해야 하고 꾸준해야 해. 그 시간은 건너뛸 수 없어! 그리고 긴급 상황이 생기면 그 배우는 시간은 나중에 보충해야 해. 어떻게 생각하니, 벨라?"

"그런 일은 없을 거야, 씨. 난 중요한 사업을 하고 있어. 내가 하는 일이 좋아. 난 항상 '벨라 모험'에 대해 생각해. 나더러 그 모든 것을 버리고 철학을 공부하라는 거야?"

"벨라 네가 철학적인 타입이라고 생각한 적은 없는데. 하지만 그것도 좋겠네."

벨라가 한숨을 쉬면서 말했다.

"돌아가서 고객들이나 챙기자구."

"그렇게 하는 최상의 방법은 '공부 친구'와 손을 잡는 거야. 너와 똑같이 새로운 성장과 지식에 열심인 사람이랑 말이지. 그가 매일 너와 함께 새로운 것들을 공부하거나 네가 제대로 이해하는지 시험하는 거야. 그 반대여도 좋고."

"나더러 침팬지랑 철학 공부를 하라는 거야?"

"지속적인 공부에 대해 말하자면, 유인원 가족보다는 고양이 가족을 권하고 싶어. 하지만 그래, 네 말이 맞아. 한 가지 더 있어, 벨라. 네 방에 책들을 채워야 해 (아직 정글에 '전자책'은 소개되지 않았으니). 매달 새 책을 사서 소장 도서를 늘려. 그 달에 그 책을 다 읽던 몇 쪽만 읽던 상관없이 영원한 학생에게는 소장 도서가 많아지는 게 필수적이야. 알겠니, 벨라?"

씨는 계속 말을 이어갔다.

"매일 새로운 것을 배우면, 마음이 열리고 경이로워지고 호기심을 느끼게 될 거야. 여행 사업이나 장차 시작하게 될 사업에서 성공할 거야. 네 쪽으로 커브볼이 날아들 때 너는 있어야 될 곳에 있게 될 거야. 존재라는 우주의 질서에서 영원한 것은 오직 지식뿐이야.

일단 배우면 그건 영원히 네 것이 되지. 그것이 하루 하루의 틀을 잡아주고, 사업가이자 리더로서 확고한 우위를 점하게 해줄 거야."

놀랍게도 벨라는 이렇게 대답했다.

"알겠어, 씨. 사무실에 돌아가는 길에 소장 도서에 대해 생각해볼게. 그리고 원숭이들은 네가 생각하는 것보다 똑똑해!"

사람은 영원한 학생이어야만
성공적인 사업가가 될 수 있다.
신생 부자들은 스마트하다.

A person can only be a
successful entrepreneur if he or she
is a perpetual student.
Smart is the new rich.

13

금지된
숲으로의 여행
Journey into the forbidden forest

정글의 외곽 끄트머리에 어둡고 오싹한 곳이 있었다. 늘 동물들의 정찰대 역할을 하는 코요테들이 만든 지도에도 나오지 않는 곳이었다. 정글 동물들은 근처에 얼씬도 하지 않았다. 위험들이 많이 도사리고 있어서 거기 들어가서 돌아오지 않은 동물들이 많다는 소문이 있었다. 그 위험들이란 물리적인 것보다는 마음의 난관들이라는 이야기도 돌았다.

어느 날 해뜨기 전 이른 새벽, 씨는 벨라가 밤에 쉬는 곳으로 찾아갔다. 나비 씨는 벨라의 귀에 대고 특별한 여행을 가야 하니 일어날 때라고 속삭였다. 벨라는 코끼리답게 휴식을 소중히 여겼다. 일하는 코끼리로서, 정신을 맑게 하기 위해 자는 시간을 알토란같이 여겼다. 정신이 맑아야 매일 공부 시간을 최대한 늘리고 여행사를 운영할 수 있었다.

이날 아침 씨는 벨라에게 일어나라고 조용히 채근했다. 가본 적 없는 곳으로 떠나는 것으로 하루를 시작하자면서. 벨라는 지쳐서 저항할 힘도 없었다. 그래서 툴툴대고 불평하면서 씨를 따라나섰다. 그들은 코끼리 무리가 다니는 지역을 지나고, 벨라가 예전에 혼자 다닐 때 가장 멀리 갔던 곳을 지나서 나아갔다.

걸으면서 나비는 벨라가 처음 듣는 개념들을 설명했다. 씨는 우주의 모든 지식이 얻어지고 공유되는 집합의식(집단조직내에서 전체 구성원들에 공유되는 사고 방식·규범·가지관·감정체계: 옮긴이)에 대해 설명했다. 또 앞서서 이끌고 성공하기 위해 축적된 지식의 일부를 취하는 능력에 대해서도 말했다.

그때 그들은 도착했다. 아직도 몹시 어두웠지만, 멀리서 다른 형체들의 움직임이 보였다. 어떤 것들은 작고, 다른 것들은 어이없게 컸지만 명확하게 구분되는 것은 없었다.

나비와 코끼리는 가장 어두운 곳에 접어들었다. 거기서 씨는 벨라에게 앉아서 눈을 감으라고 요구했다.

어느 정도 시간이 흐르자, 씨는 벨라에게 사업가 코끼리로서 당하는 가장 힘든 문제 세 가지에 대해 생각하라고 말했다. 씨는 다른 것은 생각하지 말고, 차분한 새벽과 독특한 이곳에서 영감을 받으라고 권했다.

몇 분 지나자 씨는 벨라에게 큼직한 잎사귀, 타조 깃털, 근처의 산딸기에서 얻은 염료를 주었다. 그러더니 마음에 떠오르는 것들 전부 적어보라고 권했다. 생각들을 가감 없이, 평가하지 말고 그대로 적으라고 당부했다.

지평선 위로 아침 햇살이 빛나기 시작할 무렵 벨라는 글을 쓰기 시작했다. 첫 번째 잎사귀를 다 채우고, 잎사귀를 더 달라고 청했다. 잎사귀가 석 장, 넉 장으로 넘어갔다. 벨라는 당장 가장 근심스러운 문제들을 총 여섯 장의 잎사귀에 써내려갔다.

씨는 벨라가 글을 다 썼다는 것을 알고 잎사귀들을 받아 챙기고, 늪지로 출발하자고 말했다. 돌아가는 길에 씨는 벨라의 등에 앉아서 설명하기 시작했다. 그는 둘이 방금 한 일을 '아침 걷이'라고 불렀다. 정글의 선조들이 아침마다 서둘러 일과를 시작하지 않고, 정해진 시간 동안 인생의 가장 힘든 문제들을 생각하면서 마음에 떠오르는 것들을 기록했다는 이야기를 들려주었다. 밤에 우주에서는 아이디어들을 공유하고 깨달음을 풀어내는 '의식 집회'가 있다고 씨는 설명했다. 나비는 이것이 살아있는 존재들이 자기 세계를 이해하고 그 요구들을 이해하게 도와주는 강력한 도구라고 말했다.

씨가 말했다.

"금단의 숲은 즉시 마음을 열게 하는 장소지. 하지만 시간이 지나면 어떤 조용한 구석에 가도 똑같이 그럴 수 있을 거야."

그는 깨달은 것들은 즉시 적지 않으면 없어져버린다고 말했다.

벨라는 씨에게 배운 모든 것들 중에서, 이 부분이 가장 이상하고 이해하기 어려웠다. 하지만 이제 씨를 깊이 신뢰했고 그의 지혜에 대한 믿음이 있었다. 집으로 돌아가자 벨라는 나뭇잎에 적은 글을 읽었다. 잠깐만 지나도 쓰지 못했을 아이디어와 깨달음이 적혀 있었다.

벨라는 그날부터 계속 하루 10분씩 인생의 핵심 문제들에 대해 심사숙고 했다. 마음에 떠오른 모든 생각을 빠트리지 않고 적었다. 어떤 날은 몇 장씩, 다른 날은 한 두 줄 적었고, 아무 것도 쓰지 않는 날도 있었다. 하지만 그녀가 적은 글은 모두 통찰력이 있고 귀중했다. 성장하고 성공하는 데 이용한 지식과 깨달음이 헤아릴 수 없이 많아졌다.

" 적지 않으면 잃는다.
아침의 첫 순간들은, 인생의 가장
힘든 난관들과 가장 짜릿한 기회들에
비할 데 없는 깨달음을 준다. "

List it lose it. The first moments of the
morning offer unparalleled insights to
life's most daunting challenges and most
exciting opportunities.

14

정글 정의
Jungle Justice

      6개월이 흘렀고 '벨라 모험'은 번창했다. 벨라는 똑똑한 공부 친구를 구해서 매일 45분씩 배움에 몰두했고, 모은 책도 거의 20권에 달했다. 매일 아침 몇 분씩 밤새 얻은 깨달음들을 거두어 소중한 기록을 남겼다.

  하지만 이제껏 느낀 행복감과 매일 가슴 뛰는 흥분감이 시들해졌다. 그래서 혼란스러웠다. 벨라는 가장 사랑하는 일을 했고, 동시에 복잡한 문제들을 이해하고 판단하는 능력과 지식이 쌓여서 지적으로 성장했다. 무리에서 가장 부유하고 성공한 암컷이 되었지만,

충만감이 느껴지지 않았다.

벨라는 생각했다. '아마 씨가 곁에 없어서 우울한거야.' 나비 씨는 한동안 정글을 떠나 지냈다. 나비는 코뿔소들을 이끌고 사하라 사막 아래쪽을 4주간 탐험 중이었다.

어느 아침 벨라의 아버지 엘리가 사무실에 들렀다. 그는 딸이 지치고 슬퍼 보이는 것을 알아차렸다.

"안녕, 벨라. 이른 점심 식사나 할까?"(코끼리들도 가끔은 이런 종류의 일을 한다.)

"그럴 수 없어요, 아빠. 내일 콜로라도주 베일로 휴가를 떠나는 대머리수리 단체가 있는데, 아직 스키 대여를 매듭짓지 못 했어요."

"있잖니, 벨라. 오래 전 내 할아버지에게 배운 게 있단다. 할아버지는 코끼리가 행복해지려면 다른 여러 가지가 필요하다고 가르쳐주셨지."

아버지를 존중하느라 벨라는 장부를 내려놓고 고개를 들었다.

엘리가 계속 말했다.

"직업도 그 중 하나지. 그 부분에서 너는 슈퍼스타가 됐지. 정글에서 지금의 너처럼 성공을 거둔 동물은 과거에도, 현재도 없으니까. 특별한 직업적 성공과 더불어 지식수준도 대단하지. 네가 얼마나 책을 많이 읽는지 모르는 동물이 없으니 말이다.

"너는 올챙이부터 황새까지 모든 정글 동물에게 영감을 주지. 내가 사랑하는 벨라, 곤충들조차도 관심을 두기 시작했단다! 하지만 네 삶에는 빠진 게 있지. 코끼리의 영혼은 각각 다른 욕망이 있는 별개의 부분으로 이루어져 있단다. 창의적이면서, 좋아하고 잘 할 수 있는 일을 부각시키는 실용적인 뭔가를 해야 하지. 그게 삶의 직업적인 요소일 거야. 또 우리는 계속 지적으로 성장해야 하지. 그래야 자극을 주고받고, 마음을 열고 호기심을 느끼고, 변화하고 변화의 승자가 될 준비가 되지.

"하지만 인품과 성공할 수 있는 능력에 적지 않은 영향을 미치는 다른 면도 있단다. 그것은 타인을 위해 하는 일이지. 손을 뻗어서 고통 받는 이들을 찾아내서, 그가 그 아픔을 없애는데 도움이 될 일을 해야 한단다. 더 훌륭한 선행을 함으로써 인생이 주는 다른 행복 조각을 누려야 해."

벨라는 머릿속에서 이런 말을 듣는 것 같았다. '매사

빈틈없고 세상사에 능한 아버지가 어떻게 이리도 엉뚱할 수 있담? 어떻게 이 시점에서 이런 이야기를 할 수 있지?'

벨라는 극도로 조심하며 친절하게 대답했다.

"아빠, 저는 아빠를 말할 수 없을 만큼 깊이 사랑해요. 또 아빠가 코끼리무리를 이끄는 데 인생을 바치신 것을 대단히 존경해요. 아빠의 영도력이 없었다면 우리는 헤맬 거예요! 하지만 아빠는 무리의 의원이시고 저는 사업가 코끼리에요."

엘리가 말을 끊었다.

"네가 어떻게 될지 알고 있단다, 벨라. 내가 계속 이야기하게 해주렴. 직업적으로 성공한 관리는 보수를 받고 하는 일 외에 남들을 도울 방법을 강구해야 해. 나는 공무를 하지 않는 매주 일요일 아침, 강가에서 바다사자 새끼들을 몇 시간씩 가르친단다. 난 동물들을 사랑하고 과학을 사랑하지. 그러니 이 일은 공부에 뒤처진 어린 바다사자들을 도울 기회를 주지.

"벨라, 나는 직업상 업무를 좋아하고 처리 능력이 뛰어나다고 믿어. 하지만 바다사자 새끼가 어려워하던 문제를 이해하고 미소 지을 때, 나는 성취감을 느끼면서 행복해지지. 그 어떤 것도 줄 수 없는 행복감이 차오르지."

"아빠, 저는 커지는 사업체를 운영하는 독신 암 코끼리에요. 매일 빠트리지 않고 공부해요. 매일 모험 계획을 짜주면서 정글 동물들을 도와요. 제가 아니면 그들은 모험을 떠나지 못할 거예요. 저는 고단해요, 아빠. 지금 당장 다른 일을 늘리는 것을 상상할 수도 없어요."

아버지가 확고하게 말했다.

"말해 보거라, 벨라. 정글 생활의 어떤 현실이 너를 슬프게 하거나 괴롭히니?"

"아빠, 저는 겨우 아홉 살이에요. 이런 것들에 대해서는 생각해 보지 않았다구요!"

벨라가 반항조로 대꾸했다.

"자, 1분만 생각해 보거라. 네가 어느 동물의 삶에서 슬픔 한 조각을 없애줄 수 있다면 어디에 초점을 맞출래?"

대화를 끝내고 싶은 마음이 급했지만, 아버지를 존경하기에 벨라는 생각을 말했다.

"창의적인 표범이나 재능 있는 고릴라가 인생을 잘

꾸려나갈 수 있는데도 어떻게 할지 교육받지 못했다는 것을 알면 서글퍼져요."

일단 이런 말을 입 밖에 내자 벨라는 활기를 얻어 계속 말했다.

"아빠, 씨가 저를 지도해준 것은 제가 지금껏 받은 가장 중요한 선물이었어요. 부모님이 제게 주신 사랑을 제외하면요. 예를 들면 권태로워서 사고를 치는 어린 코요테들을 이끌어주면 행복할 것 같아요. 인생이 얼마나 많은 것을 주는지, 각자 자기 힘으로 얼마나 독특한 일을 할 수 있는지 코요테들에게 가르쳐주면 전율감이 느껴질 거예요."

"잘 했다, 벨라. 남들에게 베풀 방법을 찾는 것은 인생에서 필수적인 일이고, 가장 특혜를 받는 것은 받는 쪽이 아닌 주는 쪽이란다. 업무 이외의 일들에 관여해야 해. 그 일이 남들의 고통이 덜어지거나 성장하도록 도와서 그들의 삶을 풍요롭게 할 거야. 너는 행복을 주는 일을 기반으로 어떤 노력을 기울일지 선택해야 해."

벨라는 기뻐하며 당당하게 말했다.

"할 수 있어요, 아빠! 완벽한 직업을 찾는 단기 코스를 만들 수 있어요. 틀림없이 씨가 도와줄 거예요. 다른 동물 군으로 옮겨가며 도울 수 있고, 동물들 한 세대 전체가 상상도 못 했던 방식으로 세상에 참여하게 될 거예요. 얼마나 환상적일까요? 이 세대에서 성공한 동물들은 다음 세대를 똑같이 지도할 수 있어요. 우리가 정글살이에 대해 완전히 새로운 시각을 만들어낼 수 있어요!"

벨라는 고함치다시피 말했다.

아버지가 말했다.

"네가 완전히 이해한 것 같구나, 벨라. 몇 달간 시도해 보거라. 1주일에 최소 한 시간은 그 일에 매달려봐라. 해나가면서 네 감정이 어떤지 살펴 보거라. 짜릿한 기분을 느낄 거야. 재미있게 지낼 게다. 사실 가끔은 받는 이들보다 네가 더 이득을 본다 싶을걸!

"조상들은 이것을 '정글 정의'라고 불렀지. 남을 돕는 것은 정의롭고 올바르게 행동하는 것이니까. 그것이 네게 힘을 주고 강하게 만들어줄 거야. 동료 동물들을 위해 일하면 네게 다른 현실이 생기게 된단다. 그 현실은 네가 계속 목표와 꿈을 추구할 때, 인내하면서 나아갈 힘을 줄 거야. 남의 삶을 풍요롭게 함으로써 너는 다른 차원의 성취감을 맛보지. 그것과 더불어 성공할 수 있는 더 큰 능력을 얻게 된단다."

사랑과 이해하는 마음으로 엘리가 덧붙여 말했다.

"좋은 느낌이 없어지는 때가 오면 따로 시간을 내서 다음에 베풀 것을 찾아보렴. 남에게 많이 줄수록 네 자신에게 더 많이 주게 되지!"

벨라를 따뜻하게 포옹한 후, 아버지는 작별인사를 했다.

> " 자기보다 남들과 그들의
> 처지에 헌신하는 이들은 자신보다
> 더 위대한 일들을 성취한다. "

> Those who are committed to creatures and
> situations greater than themselves will
> achieve things greater than themselves.

15

영재
동물 학교
The School for Animal Excellence

벨라가 교육 프로그램을 진행하기
까지 오래 걸리지 않았다. 고객들에게 사업을 키운 비
법을 가르칠 거라고 말하니, 쥐들에 이르기까지 모든
동물들이 관심을 보였다.

어느 날은 말벌들이 차별 당한다면서 벨라를 찾아
오기도 했다. 그들은 그녀가 정글 곤충들을 돕지 않는
다고 투덜댔다! 벨라는 설명회 문제를 해결한 후 곤
충 공동체와 일하겠다고 했다.

그래서 계곡의 낡은 헛간에서 '영재 동물 학교'가 문
을 열었다. 벨라는 매달 네 차례, 일요 아침 수업을 진행했다. 거기서 내면을 탐구하고 장점을 알아내고, 실패를 감당하고, 변화의 주체가 되고, 남들에게 베풀기를 꾸준히 하라고 가르쳤다. 일부 학생들의 창의력과 목표는 대단했다!

사자 레온은 스포츠에 대한 열정, 동물에 대한 사랑, 정글에서의 강력한 지위를 모아서 아무도 꿈꾸지 않았던 일을 벌였다. '멋진 네 발'이라는 동물 익스트림 스포츠 학교를 연 것이었다. 학교는 대성공! 문을 연지 3주 만에 동물 3백 명이 트레이닝 코스에 참석했고, 그 중 백 명은 약 두 시간 동안 걷거나 뛰어서 찾아왔다.

젊은 암컷 기린 재키는 탐조 모임을 시작했다. 재키는 날 수 있는 동물들에 대한 관심을 새들에 대한 폭넓은 공부와 연결시켰다. 첫 해가 끝날 즈음, 재키는 세 개의 어른 탐조단과 한 개의 새끼 탐조단을 조직했다!

벨라가 가장 대견해 하는 학생은 사슴 스테판이었다. 정글에서 사고를 당해 신체장애자가 된 그는 전문적인 직업을 완전히 포기한 상태로 프로그램에 참여했다. 스테판은 몇 주간 열정을 느끼고 제한적인 신체 상태에서 할 수 있는 일을 알아내려고 안간힘을 썼다.

씨는 스테판이 특별히 마음에 들어서, 개인 카운슬링을 통해 주요 관심사와 장점들을 알아내도록 도왔다. 씨는 인생이 우리에게 순순히 관심사와 장점을 주지 않으며, 그런 다음에는 그것들을 이용할 기회를 허락하지 않는다는 점을 반복해서 강조했다.

결국 어느 아침 스테판은 씨와 눈물 흘리며 대화를 나눈 후 모든 것을 결정했다. 정글 동물들을 위해 장신구를 디자인해서 팔 예정이었다! 스테판은 언제나 창의적이었다. 색깔 있는 작은 돌들을 구해서 나무껍질에 — 다양한 색상과 질감의 — 박고 다른 돌들과 나뭇잎을 이용해 다양한 마무리를 할 수 있었다.

몇 달이 지나지 않아 정글이 바뀌었다! 코끼리들은 발가락 반지를 끼었다. 사자들은 특이한 모양의 나무껍질에 돌들이 박힌, 빛나는 큰 왕관을 쓰고 다녔다. 밤에 반짝이는 작은 색색의 돌이 박힌 두건을 쓴 올빼미들이 보였다. 암컷, 수컷 할 것 없이 정글 돼지들은 형태와 색깔이 예쁜 코걸이를 달았다. 기린들은 저마다 목에 두 개에서 다섯 개쯤 목걸이를 걸었다. 공작새들은 각도에 따라 색깔이 달라지는 돌이 박힌 높은 플랫폼 슈즈(앞에 굽이 달린 구두: 옮긴이)를 신고 다녔

코끼리 벨라 이야기

다. 팔다리 모두에 팔찌를 낀 커다란 전갈까지 보였다.

스테판이 얼마나 크게 성공했는지!

벨라로 말하면 어느 때보다 행복했다. 일이 잘 풀렸고, 배움의 결과 새로운 지식과 깨달음이 점점 늘어났다. 이제 남들에게 베푼 결과, 그렇게 중요한 줄 꿈에도 몰랐던 자신의 일부분을 실현했다. 그 성취감은 매일의 감정을 좌우할 만큼 강력했다.

16 。

한 단계의
마지막
The end of a chapter

벨라와 씨는 멋진 여름을 보냈다. 지도에 나오지 않는 새로운 세계로의 여행을 수십 차례나 주선했다. 또 물고기와 곤충들을 상대로 '벨라 모험'의 영업을 하고 싶어하는 집단들과 프렌차이즈 협정을 성공적으로 성사시켰다. 얼마나 특별한 시기였는지!

어느 날 사무실에서 퇴근 준비를 하면서 씨가 벨라에게 몸을 돌리고 말했다.

"작별 인사를 할 때가 되었어. 우리가 나눈 것은 영원히 우리 것이지만, 난 인생의 다음 단계를 시작해야 해. 또 너는 네 인생의 다음 단계를 시작해야 하지."

"이러지 말아, 씨. 네 얼빠진 아이디어로 우리가 잘 해왔다고 생각해. 우리는 한 팀이야! 영원한 파트너라고!"

"네 책상에 책 두 권이 있어, 벨라. 하나는 내가 아는 가장 현명한 나비에게 받은 여덟 편의 우화 모음집이야. 그 현명한 나비는 내 아버지야. 지금이 그 책을 네게 줄 시점이야. 우화들이 네 삶을 풍요롭게 해줄 거야. 매년 생일과 기념일에 그 글들을 읽어. 읽을 때마다 거기 나온 인생에 대해 점점 더 심도 있게 이해하게 될 거야.

"두 번째 책은 내가 살면서 배운 교훈들을 모아놓은 거야. 그 책을 물려줄 동물은 오직 너밖에 없어. 배우고, 네가 소중하다고 여기는 내용을 다른 이들에게 나눠줘.

"벨라, 작별 인사를 하기 전에 너와 마지막으로 세 가지 생각을 나누고 싶어."

벨라는 씨를 모르는 체 했다. 아무 말도 듣지 않은 것처럼 굴었다.

"제발 신중하게 들어줘, 벨라. 네가 첫 번째 깨달음

은 언제나, 두 번째 깨달음은 거의 언제나 실천하겠다고, 세 번째 깨달음은 절대 하지 않겠다고 약속해주면 좋겠어.

"첫 번째 : 인생을 믿어, 벨라. 언제나. 인생은 기막히게 좋은 거야. 기막히게 친절하고 너그러워. 인생이 네게 준 것에 대해 짜릿해 하고, 그것이 너를 위해 마련해둔 것에 대해 자신감을 가져.

"다음 : 미소 지어. 거의 언제나 그렇게 해. 행복은 출발점이자 우리가 하는 모든 일의 촉진제야. 기쁜 감정, 힘차고 적극적인 미소를 짓는 것은 너와 주변 사람들에게 활기를 줄 거야. 살면서 눈물을 흘릴 일도 있겠지만, 가능할 때마다 눈물 사이로 미소 지으려고 노력해.

"마지막 : 은퇴. 결코 하지 말아. 다 끝내고 쉽게 살자는 생각이 들거든 다시 생각해. 직업, 배움, 남들에게 베풀기의 각 영역에서 인생에 도전하는 것을 멈추지 말아. 인생은 사는 것이지 은퇴하는 게 아니야. 네 개성을 표현하는 것을 중단하지 말아. 네 우수성을 밝혀내서 그것을 추구하는 것을 멈추지 말아. 그게 뭐든, 너를 어디로 데려가든. 충만하고 열정적으로 살아……

세상을 떠날 때까지."

그 말과 함께 씨는 싱긋 웃더니 왼쪽 날개를 퍼덕이
며 날아가버렸다.

벨라는 충격에 빠져서 책상에 앉아 있었다. 사무실
문 사이로 수컷 코끼리 한 마리가 들어왔다. 지금껏
그런 미남은 본 적이 없었다. 그 코끼리 뒤에는 진지
한 표정의 커다란 바다거북이 있었다.

다음 편에 계속……

정글 우화
Jungle parables

우화는 수 천 년간 대대로 내려왔다. 행복감을 주는 우화를 말하는 현자나 존경받는 지도자 주위에 많은 이들이 모여들었다. 듣는 이들은 영감을 얻고 담대해져서 — 성공에 대한 새로운 깨달음들을 안고 — 돌아가곤 했다. 우화들은 모든 문화권의 풍요롭고 소중한 부분으로 남아 있다. 우화들은 처음 쓰였을 때와 다름없이 오늘날에도 통한다.

세상은 나를
위해 생겼다!

사랑하는 아이야,
세상은 너를 위해 생겼단다!

매일 아침 깨서 미소 짓고, 똑바로 서서 양팔을
최대한 높이 뻗고 말하렴.
"세상은 나를 위해 생겼다!"

하늘에 닿는 높은 봉우리가 있는 큰 산을
생각하며 말하렴.
"우뚝 솟은 봉우리가 있는 아름다운 산은 나를 위해 생겼
다!"

조용한 실개천과 천둥치듯 강하게 흐르는 강을
그리며 말하렴.
"졸졸 흐르는 시내와 콸콸 흐르는 강물은
나를 위해 생겼다!"

세상을 아주 작게 만들고 그 가능성들을 놀랍게
하는 주변의 모든 발견물을 보면서 말하렴.
"현실이 된 모든 아이디어는 내게 주는 선물이다!"
하늘과 땅, 깊은 바다, 인체의 풀리지
않은 비밀을 궁금해 하고 말하렴.
"간단하고 복잡한 것들, 분명하고 신비로운 것들
모두 거기서 날 기다리고 있다!"

네 세상의 존재들, 사상가들, 몽상가들, 힘 있는 자들,
약한 자들에게 미소 짓고 말하렴.
"각자 독특하지만 연관된 그들이 모두 여기 있다.
모두 나를 위해 한데 모였다!"

세상은 나를 위해 생겼다!

그런 다음 잠시 눈을 감고
산을 오르렴. 끝에서 끝까지.

봉우리 꼭대기까지 걸어가서,
하늘에 손이 닿게 구름을 지나고,
냇물로 달려가고
강을 힘껏 헤엄치고

새 발명품을 만들어서
이름을 지어주고

언젠가 네가 대답할 질문들과
네 삶의 모든 생명 가진 것들에게 영감을 받으렴.

모두 바로 너를 위해 여기 있으니!
매일 네가 꿈꾸고 성장하면서,

짓고 설계하고 발견하고, 오르고 만지고,
발명하고 질문하면서……

네가 주변 사람들을 위해 세상이 생기도록 돕는다는
것을 알아두렴.

그러면 모든 어린이들 (또 어른들)이 매일 아침에
깨서 미소 짓고,
똑바로 서서 양팔을 최대한 높이 뻗고 말할 거야.

세상은 나를 위해 생겼다!

가장
긴 짧은 길

희망에 찬 어린 동물은 아이답게 낙관하면서
꿈을 찾아서 집을 떠났다.

그는 생각의 거대한 산을 넘고
이론의 드넓은 강을 헤엄치고
옛 지혜의 들판을 발끝으로 걷고
여러 땅과 다른 존재들의 영성의 열매를 맛보며
집에서 멀리 여행했다.
가장 존경받는 학식
가장 감수성 큰 영성
지식의 심오한 가능성
진짜 질문들이 답 없이 그대로 남아
매일 커지는 외로움.
여러 해 그리고 딱 몇 분이 흐른 후
마음은 좌절했고
탐구는 끝났다.

계획: 기쁨을 현실에 버무리고 꿈으로서
현실을 재정립하기
믿음: 탐구는 무효였다

집에서 너무 멀리 와 있었다.
꿈이 입술, 손끝, 심장, 영혼에서 나올 때
얼마나 슬프고 희망적이었는지.

그는 가장 높은 거대한 산을,
자신의 독특함을 인정하는 산을 넘어야 했다.

그는 드넓은 강을,
그의 위대함을 확인하는 강을 헤엄쳐야 했다.
그가 입술이 용기 있게 말하고,
손끝이 깊이 만지고,
심장이 가만히 있기보다 솟구치게 허락하기를.
가장 존경받는 학식
가장 감수성 큰 영성
지식의 심오한 가능성

그가 자신을 발견하면서 사라진 외로움.
그리고 그와 그의 꿈은 하나였고
함께 영원히 행복하게 살았다.

성공하기 위한
정직

세 천사

사랑, 정직, 죽음의 천사들이
중요한 회의를 위해 높은 산꼭대기에 모였다.

그들의 과제: 누가 가장 어려운 일을 했는지 결정하기.

죽음의 천사가 먼저 입을 열어 말했다.
"내 임무가 가장 어렵지,
살아 있는 이들은 내가 친구임을,
내가 적이 아닌 친구임을,
내가 저주가 아닌 축복임을,
끝이 아닌 시작임을
아직 모르거든.
나는 창조 과정과 행복 추구에 있어 파트너라구."

다음으로 사랑의 천사가 말했다.

"분명히 내 임무가 가장 어려워.

코끼리 벨라 이야기

다들 의당 해야 되는 것만큼 열심히 하기를 겁내거든.
그렇게 나는 그들 사이에서 살아야지,
그렇게 나는 그들 안에서 살아야지."

정직의 천사는 많은 생각 끝에 낮은 목소리로,
신중하게 고른 말을 하면서 간간이 눈물을 흘렸다.
그가 말했다. "나는 어떤 이의 미래야.
나는 그의 과거야.
나는 그것의 보고, 듣고, 울고,
미소 짓는 능력이야.
나는 그것의 사랑하는 능력이야.
나는 그것의 죽음에 대한 이해야.
그러니 오직 나를 통해서만
그는 생을 경험하지."
그들은 인정하면서 고개를 끄덕이고 떠났다.

강

나는 배고파
강을 건너

나는 두려워
네 실패는 네 두려움보다 클 리 없어.
강을 건너

인생은 나를 저버렸어
인생이 너를 강으로 데려갔지
강을 건너

다른 이들도 이해해?
어느 누구도 아닌 네 이해만 필요해
강을 건너

나는 혼란스러워
너는 배고프지

강을 건너
나는 헤엄치지 못 해
강의 깊이는 너의 믿음으로 결정되지
강을 건너

날이 어두워
네 어둠을 만드는 것은 너야
강을 건너

내일쯤
내일은 다른 강을 가져올 거야
강을 건너

실패는
자유를 가져온다.

인생의
묘약

나는 넘어지고 또 넘어졌다. 깊이 더 깊이.
마침내 넘어지는 것을 멈추고 그냥 눈을 감고 잤다.
수 십 년 그리고 한순간.

느낄 게 없으니, 볼 게 없으니,
내 주위에 아무도 없으니 얼마나 우스운지.
나는 겁나지 않으니,
나는 슬프지 않으니 얼마나 이상한지.
내가 괜찮은 것 같아서
놀랍다.

나는 가볍다, 나는 자유롭다.
어제도 없고, 오늘도 없고, 내일도 없으니 얼마나 멋진지.
나는 넘어졌다, 나는 자유롭다.

코끼리 벨라 이야기

나는 나무, 강, 땅, 하늘, 천국과 하나가 되었다.
내가 넘어졌으니, 나는 자유로우니 얼마나 멋진지.

나는 다시는 겁낼 수가 없다.
그리고 이제 대단한 것이 없어졌으니
— 사는 두려움이 없어졌으니 —

자유에 담을 진짜 선택을 해야 한다.
모두 일생에 적어도 한 번은 넘어져야 한다!

작은 나

옛 문헌에는, 내 모든 행동이
보이지 않는 세상에서 그 행동을 표현하는
존재를 만든다는 주장이 나온다.

내가 하는 모든 아름다운 일은
아름다운 작은 나를 만들어
그 행위의 화신으로 영원히 살 것이다

내가 하는 아름답지 않은 모든 일은,
아름답지 않은 작은 나를 만들어
그 행위의 화신으로 영원히 살 것이다.

시간이 흐르면 수백 수천의 이 작은 존재들이
이 반사된 세상에서 뛰어다니며(이곳은 물리적인 제한이 없고
모든 것이 영원하다),
그들이 궁극적인 의미로 누구인지 표현할 테고,
거기서 그들이 될 수 있는 모습은

그들이 만들어진 그대로이다.

옛 문헌에서는 말한다.
마지막 날 나는 다른 이가 아닌,
내가 만든 나의
영원한 표현들로만 심판받을 거라고.

아름다운 작은 존재들이 많으면,
저울은 그들 쪽으로 기울어질 것이다.
또 아름답지 않은 작은 조각들이 많다면,
내 마지막 운명의 저울은
그쪽으로 기울어질 것이다.

내가 오늘, 내일, 영원의 운명을
만든다는 것을 확인해주니 멋진 개념이다.
그대의 작은 존재들은 어떻게 지내시는지?

진정한
재미

흥분의 기미로 가볍게 뛰기 시작하는 심장
그리고 목표, 계획에 이끌려 시작되는 미소,

새로운 에너지로 빛나는 정신
그리고 성장이라는 사탕 가게를 아이처럼 모험하는 웃음,

말할 기회를 얻고 싶어 하는,
북적대며 생각을 밀어대는 아이디어들,

매일 부여잡을 자유가 있다
꿈꿀 용기를 갖는 것 — 누구도 약속하거나 보장하지 않을
비현실적인 것들, 비논리적인 것들,
막을 수 없는 환희의 지평선들.

그런 다음 그 꿈을
활기를 불어넣을 계획과 짝짓고,
그 다음에는 매일 생각 속에서,

말에서, 그리고 행동에서 그 꿈 한 조각을 살기를.

그대 그것을 만지고,
그대 그것을 느끼고, 그대 그것을 안기를.
그것은 그대를 만지고, 그것이 그대를 드높이리니.

그대의 생각에서 그리 중요하지 않은 것들은 사라지리
— 그것들이 낄 시간도, 자리도 없으니
생산적인 데 쓰이지 않는 에너지는 옆으로 밀어두고
그대는 펄쩍펄쩍 걷고,
그대의 존재에는 신비가 있고
남들은 그대 가까이 있고
그대의 관심을 받고 싶으리

그대가 아침을 시작할 때는 다른 목적이 있고
그대의 시간은 소중해서 신중하게 평가되리
그대의 나날은 빠르고 충만하고 활기차며,

진정한 유산을 만들리.

꿈꿀 용기를 갖는 것
누구도 약속하거나 보장하지 않을
비현실적인 것들, 비논리적인 것들,
막을 수 없는 환희의 지평선들.

그런 다음 그 꿈을
활기를 불어넣을 계획과 짝지으려는 자신감
그 다음에는 매일 생각 속에서,
말에서, 그리고 행동에서
그 꿈 한 조각을 살겠다는 의지.

삶을 믿는 것

Jungle parables

삶에 대한
사랑

그대의 구름은 크나큰 자긍심으로 똑바로 서서,
광활한 지평선의 문들을 지키고

그대의 물은 반짝이며 움직이지만,
유난히 조용하다.
그 고요는 풍요롭고
생생하지만 잠잠하고 겸허하다.

그대의 독수리들은 홀로 서 있고 각각
그럴지 모르는 영혼,
지금의 영혼, 순간의 수호자이다.

그대의 공기는 굉장히 풍부해서 나는 그것을
맛볼 수 있고,
그 풍미가 나를 채운다.

그대가 추수한 밀과 보리, 포도와 올리브는 조용히 서서
— 모든 것의 일부로 그것을 본다.

강력하고 단호한 목적의식과 방향성을 지닌 작은 새들이
그대의 풍경에 날아든다.
더 많은 새들이 — 크고 작은 — 무리를 지어서 날아간다,
하나로 날아간다.

그대의 하늘이 따뜻하게 미소 지으며,
놀라운 아름다움에 싸인 겹겹이 대단한 통찰력을 준다.
그대의 무한한 바다의 색깔은
그대의 광활한 수평선의 색깔에 닿아,
새로운 색을 빚고,
파란 색조와 분홍 색조가 된다.

지시: 지상에서 낮게 날지만 가장 바깥 쪽
수평선을 건드리라!

코끼리 벨라 이야기

구름과 물, 독수리, 공기, 추수, 새들, 하늘들 ― 그리고
색과 색이 닿아 빚어내는 새로운 색의 세상에서 살라.
천상을 움켜쥐고 침묵 속에서 알아내고,
매 순간에서 과거와 현대와
미래의 영혼을 느끼고,
공기를 맛보고 그것이 그대 안에서 넘치게 하라.

우리는 지상에서 낮게 날지만
가장 바깥 쪽 수평선을 건드릴 것이다.

사랑하는 인생, 그대는 우리에게
힘을 주고 있다!

씨의 책
The book of Cee

여행을 많이 한 나비는 이곳저곳 다니면서 경험하고 배우고 성장하는 와중에 귀중한 아이디어를 얻는다. 직접 살아낸 삶보다 훌륭한 스승은 없다.

자기애

- 얼른 또 자주 미소 지으라. 나에게 먼저 미소 지으라.

- 얼른 또 자주 웃으라. 나에게 먼저 웃으라.

- 매일 새 농담 하나씩 배우라.

- 얼른 또 자주 칭찬하라. 나 먼저 칭찬하라.

- 같은 실수를 몇 차례 반복할 거라고 예상하라.

- 얼른 또 자주 용서하라. 나 먼저 용서하라.

- 무기력과 나태는 살아 있는 존재의 실패의 원인이다. 이런 성향들 때문에 실행을 주저하면 큰 영향을 가져오는 결과를 낳는다.

- 행동 개시하려는 태도로 무기력을 구분해서 없애려 애쓰라.

- 뭔가 고칠 수 없게 부수는 능력은 인생의 가장 효과적인 조력자이다. 끝이 인생을 창조한다.

- 고대 언어에는 휴가라는 단어가 없다.

- 좋아하는 일을 한다면 왜 노력을 쉴까? 더 많이 쏟아 붓고 덜 쉬라.

- 고대 언어에는 '은퇴'라는 단어가 없다. 은퇴는 완전히 없어져야 될 '인생에 반하는 개념이다.

- 어떤 아이디어나 타인을 위해 목숨을 건 이들은 현실에서 남들보다 더 풍요롭고 위대하고 충만하게 산다.

- 질문은 삶을 배우는 도구다. 대답보다는 질문에 더 편안해지라. 주변의 존재들에게 대답을 궁리하지 말고 질문을 소중히 하라고 가르치라.

- 매일 새 단어 한 개를 익히라.

- 매주 자기 몸의 새 부위에 대해 익히라.

- 매달 국가의 수도 이름을 익히라.

인품과 훌륭함 만들기

- 모든 존재는 음악적인 표현력을 가져야 한다. 누군가는 작곡을 해야 되고 누군가는 제작을 해야 하고, 누구는 오보에를 다른 누구는 드럼을 연주해야 한다. 제한적이라도 음악적인 표현을 마음껏 하기를. 음악적 표현은 나를 더 완전하고, 더 충만하고, 더 성공적으로 만들어줄 것이다.

- 모든 존재는 미술적인 표현력을 가져야 한다. 누군가는 형상을 빚고, 누군가는 깎아야 한다. 누군가는 쇠를 쓰고 누군가

는 돌을 써야 한다. 미술적 표현을 시도하기를. 나를 더 완전하고 더 자극받게 해줄 것이다.

- 어머니나 아버지가 방에 들어오면 일어나라. 더 큰 성공을 이룬 사람이든, 공동체에서 더 존경받는 사람이든 일어나라.

- 연장자나 더 현명한 사람이 방에 들어오면 일어나라. 나이와 지혜는 존경심을 끌어낸다. 습관적으로 타인들을 존경하면 좋은 인품이 키워진다.

- 허락없이 어머니나 아버지의 자리에 앉지 마라.

- 부모님을 이름으로 부르지 마라. '엄마'나 '아빠'라는 호칭은 닥터 아무개나 아무개 판사님과 똑같은 존경심을 나타낸다. 호칭을 이용한 적당한 존경심은 우리와 가장 가까운 이들을 대할 때 중요하다.

- 어떤 것도 누릴 권리가 있다고 느끼지 마라. 내가 뭔가에 대해 "자격이 있다"거나 "내가 얻은 것"이라고 느끼지 마라. 그런 말을 생각하거나 말하거나 듣는 자신을 볼 때마다, 그것은 꼭 있어야 내가 살 수 있거나 가지면 안 되거나 둘 중 하나인 것을 탐낸다는 뜻이다.

- 부드럽게 천천히 말하라. 예쁘고 고운 어휘들을 쓰라.

- 어떤 어휘도 욕설로 만들 수 있다. 내가 어떻게 말하느냐가 중요하다.

- 내가 아버지라면 아들과 다른 어휘를 쓴다. 내가 할아버지라면 내 아버지와는 다른 언어를 쓴다. 내가 기업주라면 직원과 다른 언어를 쓴다. 언어는 당사자의 위상에 적절해야 한다. 그에게는 괜찮은 언어가 나에게는 괜찮지 않을 수 있다.

- 막대기와 돌은 뼈를 부러뜨린다. 상처 주는 말은 상대의 영혼을 부순다. 말은 돌보다 강하다.

- 타인에 대한 존경과 사랑은 단순히 마음의 의무가 아니다. 그것들은 이용할 수 있고 목적을 요구하며, 계획이고 견제와 균형이다.

- 가르치는 것보다 고귀한 직업은 없다. 어떤 이에게 줄 수 있는 것 중 배움의 도구보다 훌륭한 것은 없다.

- 커리어를 쌓으면서 익힌 기술들을 가르치려고 노력하라.

- 매달 고전 음악가의 이름과 작품 하나의 제목을 익히라. 그것이 나를 더 흥미롭고 많은 이들이 원하는 존재로 만들어줄 것이다.

- 내가 영향을 미칠 수 있는 이들을 꾸짖어라. 누구도 심판하지 말라. 꾸짖음은 성장과 현실과의 중요한 대면을 부른다. 타인을 심판하면 분노, 타인들에 대한 과소평가, 궁극적으로 자신에 대한 과소평가를 부른다.

- 타인을 심판하면, 나도 심판의 대상이 될 것이다. 내가 남을 가혹하게 심판할수록 나도 가혹한 심판을 받을 것이다.

- 꾸짖음이 부족하면 사회의 쇠퇴가 야기된다.

- 도둑은 남의 것을 훔치면 그 만큼 감옥에 갈 수 있다. 악마는 책임질 수 있는 것보다 적게 훔친다. 악마가 도둑보다 훨씬 위험하다.

- 한 주일에 하루 저녁은 같이 앉아서, 각자 베푼 두드러진 선행을 설명하는 것은 훌륭한 집안 전통이다. 어머니와 아버지가 시작해야 한다. 강을 건너는 늙은 코끼리를 도운 것은 좋

은 일이지만 두드러진 선행은 아니다. 시간이 흐르면 자녀들이 한 가지 아닌 몇 가지 선행을 보고하게 될 것이다.

- 매일 저녁에 둘러앉아서 새로운 아이디어나 터득한 깨달음을 함께 나누는 것은 훌륭한 저녁 식탁 관습이다. 그로 인해 부모는 자녀들에게 지식에 대한 사랑을 심어준다.

- 최고의 가족 관습은 돌아가면서 한 가지씩 농담을 하는 것이다. 유머는 사랑의 표현이며 인생의 소중한 요소들 중 하나다.

- 모든 관계의 토대는 신뢰다. 내 가장 취약점, 쉽게 엄습하는 두려움, 소망, 근심을 털어놓을 수 있고, 그것들로 상대가 나를 상처주지 않는 것이 신뢰다.

- 남들을 위해서 베푸는 친절에 대해 분명히 표현하는 것이 대단히 중요하다. 자녀들은 내 행동에 대해 반복해서 들어야만 내 행동에서 배운다.

- 사랑하는 이들에 대해서는, 진실보다는 평화와 감정적으로 온전한 존재로 지내는 것이 더 중요하다.

- 마음에 있는 것을 말하지 말라. 마음을 이용해서 신중하게 걸러내서 무슨 말을 할지 판단하라.

- 침묵보다 더 힘을 표현하는 것은 없다.

- 자신을 훈련하라. 똑똑한 것보다 주도면밀한 것이 더 낫다. 주도면밀 하다는 것은 때로 상대방이 이기게 놔두는 것이다. 작은 패배가 큰 승리를 가능하게 한다.

- 동물 왕국의 일원으로서, 내가 도와줄 수 있는 이들의 행복을 책임지라.

- 사랑하는 모든 이들의 제자가 되라. 평생의 동반자, 부모님, 자녀들 각자에 대해 모든 것을 배우기 위해 지속적으로 노력하라. 아무 것도, 누구도 가만히 서 있지 않는다는 사실을 명심하라. 오늘 내가 관계 맺은 이는 1주일 전에 관계 맺은 그와 다르다.

- 내가 두 동물을 도와준다고 가정할 때, 한 동물이 며칠간 고통을 겪은 후에 내가 예닐곱 시간을 내주고, 다른 동물은 즉시 몇 시간만 돕는다. 큰 그림 속에서는 두 번째 동물을 도운 것이 더 훌륭하다. 내 즉각적인 반응 덕분에 그가 덜 무너질 수 있기 때문이다.

- 누군가 감정적으로 무너지면, 그의 내면에는 고치지 못하고 죽는 부분이 있기 마련이다.

- 존재의 집단 방정식에서 중립적이라는 위치는 없다.

- 개인 방정식에서 중립적이라는 위치 따위는 없다. 지성적, 감정적, 영적, 현실적으로 성장하거나 퇴화하거나 둘 중 하나다. 정지된 상태는 없다.

- 오래오래 행복하게 살기를…… 매일매일.

옮기고 나서

코끼리와 나비. 정글에 사는 몸집 큰 코끼리와 공
중을 나는 작은 나비처럼 어울리지 않는 짝이 있을까.
하지만 릭키 코헨은 코끼리 벨라와 나비 씨의 우화를
통해 우리에게 도전하고 성취하는 법을 이야기해주고
용기를 가지고 성공을 위해 승부하라고 한다.

정글에서는 태어난 지 몇 시간 만에 스스로 일어서
는 코끼리만 살아남을 수 있다. 암컷 코끼리 벨라는
무리지어 다니면서도 여느 코끼리들과는 달리 늘 자
기만의 길을 찾기 위해 주변 지역을 탐험한다. 어느
날 벨라에게 나비 씨가 다가와 정글의 지혜를 통해 삶

의 길잡이가 되어준다. 씨와 벨라가 멘토와 멘티로서, 친구로서, 동반자로서 함께 알아내고 계획하고 실천하는 과정은 우리에게 어떻게 인생의 목표를 세우고 거기 도달할지 가르쳐준다.

마음에 닿았던 부분은 코끼리 벨라의 진정한 꿈이 정글 동물들의 세계 여행을 주선해주는 일이라고 털어놓는 대목이다. 벨라 스스로도 어처구니없는 꿈이라고 말하지만, 나비 씨의 도움을 받아 그 꿈을 현실로 만든다. 이 대목에서 오래 전 번역 작가가 되기로 했던 내 모습이 떠올랐다. 프리랜서라는 개념도, 번역이라는 일도 생소했던 당시였기에 번역하는 사람을 지칭하는 어휘도 없었다. 그래서 직업이 뭐냐는 질문을 받으면 쭈뼛대곤 했다. 아나운서인 친구가 '번역 작가'라고 작명해준 덕분에 그때부터 스스로 번역 작가라고 불렀다. 혼자서 아무도 가지 않은 길을 가는 기분이었다. 이 길이 얼마나 길지, 이 길의 끝에는 뭐가 있을지 알 수 없어 불안했다. 그렇게 시작한 걸음이 25년을 넘어 30년을 향하고 있다. 그래서 벨라가 어떻게 꿈을 직업으로 실현하는지 큰 관심을 가지고 지켜보았다.

코끼리 벨라 이야기는 성공에 이르는 방법만 가르쳐주는 책이 아니다. 성공에 이르기 위한 준비 과정도 제시하지만, 그 과정에서 만나는 난관들을 극복하는 법이며 난관에 부딪쳤을 때 가져야 될 태도도 일러준다. 또 성공을 거둔 후에 어떻게 해야 공동체의 정의를 이룰 수 있는지도 제시한다.

어찌 보면 동화 같기도 한 코끼리와 나비의 이야기를 느긋하게 읽다 보면 저절로 동기 부여가 된다. 특히 나비 씨가 알려주는 나비들의 지옥 이야기는 마음을 파고든다. 나비들은 죽으면 두 개의 강줄기를 보게 된다. 한쪽 강에는 살아온 삶이 영화처럼 펼쳐지고, 다른 강에는 살 수 있었지만 살지 않은 삶이 펼쳐진다. 놓쳐버린 삶을 보며 느끼는 안타까움이야말로 지옥이라는 씨의 말에서 나도 모르게 두리번거렸다. 내가 용기가 없어서, 게을러서 놓치고 있는 것이 얼마나 많을까. 가까이 두고 여러 번 읽으면 그때마다 자극을 받고 용기를 얻을 수 있는 책이다. 코끼리 벨라의 이야기는 우리에게 나비 씨 같은 멘토, 친구, 동반자가 되어줄 것이다.

코끼리
벨라
이야기

RISK TO SUCCEED

초판1쇄 인쇄 2014년 6월 10일
초판1쇄 발행 2014년 6월 20일

지은이   리키 코헨
옮긴이   공경희
그린이   박유니

펴낸이   김태광
펴낸곳   도서출판 펭귄카페

디자인   노은하
마케팅   김재훈

출판등록   2012년 07월 09일 제2013-000336호
주소   서울 마포구 잔다리로 39 로템아이앤씨빌딩 601
전화   02-323-4762
팩스   02-323-4764
이메일   mellonml@naver.com
블로그   mellonbooks.com

ISBN   978-89-98450-12-0 03840

책값은 뒤표지에 있습니다.
잘못된 책은 구입하신 곳에서 바꿔드립니다.

© Windsor Joe Innis

※ 도서출판 펭귄카페는 (주)도서출판 멜론의 문학 전문 브랜드입니다.